Linguae
Vasconum
Primitiae

バスク初文集

バスク語最古の書物

ベルナト・エチェパレ
Bernat ETXEPARE
萩尾生・吉田浩美＝訳
HAGIO Sho, YOSHIDA Hiromi

平凡社

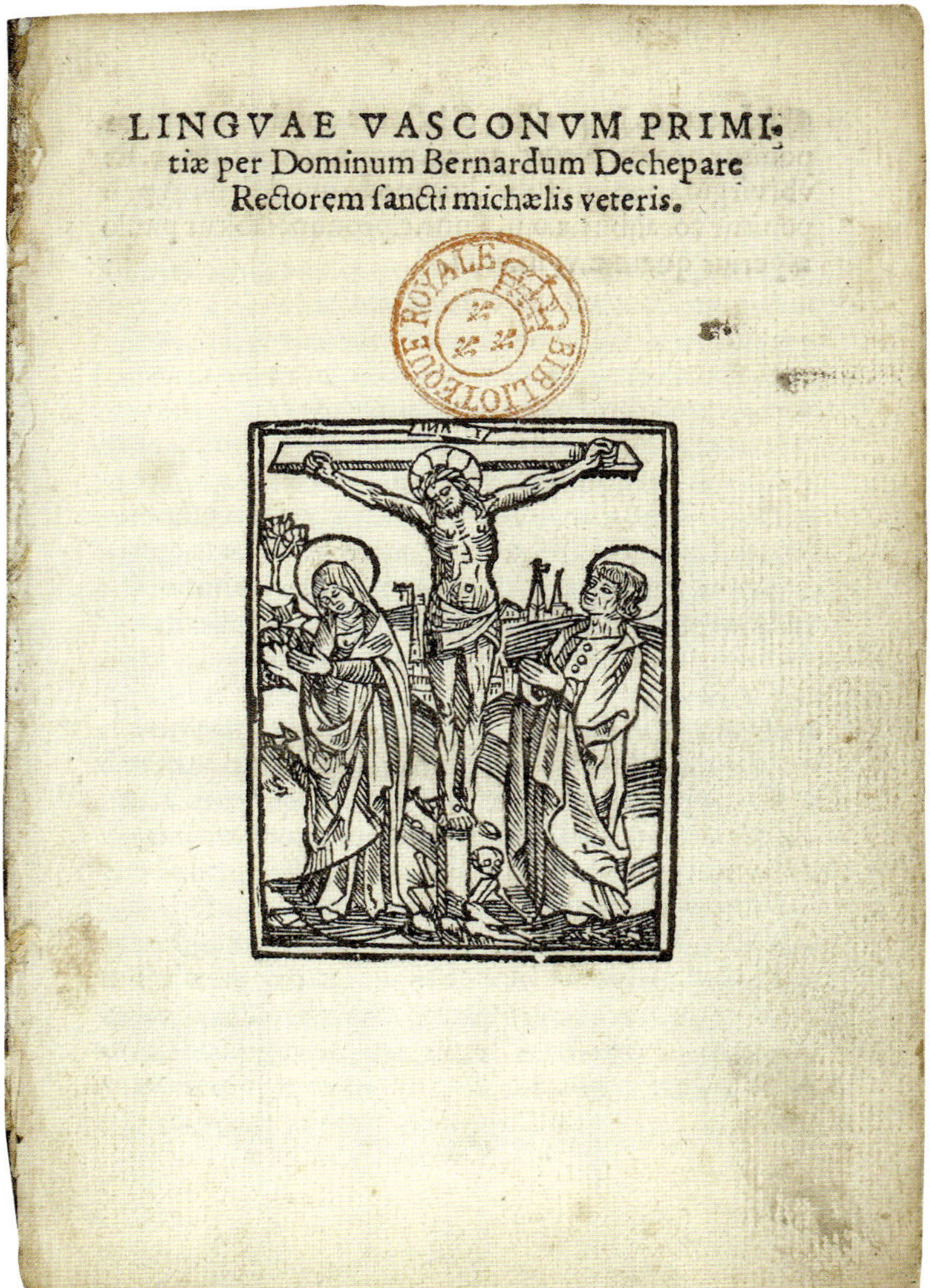

口絵１：『バスク初文集』のタイトルページ。
［フランス国立図書館《Bibliothèque nationale de France（BnF）》所蔵］

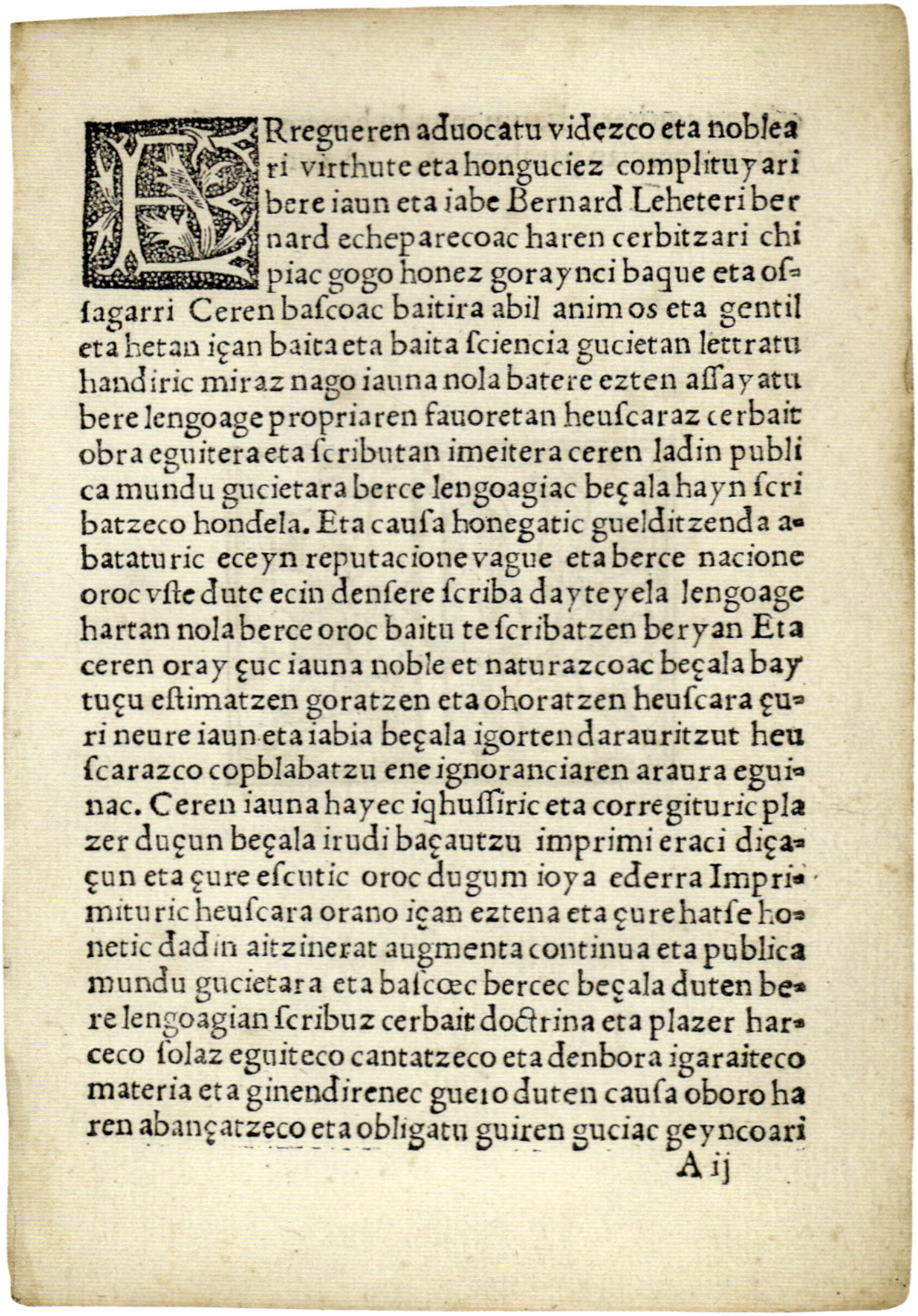

ERregueren aduocatu videzco eta noblea
ri virthute eta honguciez complituyari
bere iaun eta iabe Bernard Leheteri ber
nard echeparecoac haren cerbitzari chi
piac gogo honez goraynci baque eta oſ-
ſagarri Ceren baſcoac baitira abil animos eta gentil
eta hetan içan baita eta baita ſciencia gucietan lettratu
handiric miraz nago iauna nola batere ezten aſſayatu
bere lengoage propriaren fauoretan heuſcaraz cerbait
obra eguitera eta ſcributan imeitera ceren ladin publi
ca mundu gucietara berce lengoagiac beçala hayn ſcri
batzeco hondela. Eta cauſa honegatic gueldit zenda a-
bataturic eceyn reputacione vague eta berce nacione
oroc vſte dute ecin denſere ſcriba dayteyela lengoage
hartan nola berce oroc baitu te ſcribatzen beryan Eta
ceren oray çuc iauna noble et naturazcoac beçala bay
tuçu eſtimatzen goratzen eta ohoratzen heuſcara çu-
ri neure iaun eta iabia beçala igorten darauritzut heu
ſcarazco copblabatzu ene ignoranciaren araura egui-
nac. Ceren iauna hayec iqhuſſiric eta corregituric pla
zer duçun beçala irudi baçautzu imprimi eraci diça-
çun eta çure eſcutic oroc dugum ioya ederra Impri-
mituric heuſcara orano içan eztena eta çure hatſe ho-
netic dadin aitzinerat augmenta continua eta publica
mundu gucietara eta baſcoec bercec beçala duten be-
re lengoagian ſcribuz cerbait doctrina eta plazer har-
ceco ſolaz eguiteco cantatzeco eta denbora igaraiteco
materia eta ginendirenec gueio duten cauſa oboro ha
ren abançatzeco eta obligatu guiren guciac geyncoari
A ij

口絵２：エチェパレのベルナール・レヘテに対する献辞となっている『バスク初文集』の序文。［BnF 所蔵］

口絵４：『バスク初文集』の牛革製の装丁（表紙）。写真右手が小口側に相当。ブルボン家コンデ公ルイ１世の紋章（「フルール・ド・リス」）が見て取れる。［BnF 所蔵］

othoyz eguitera dizum mundu honeten prosperoqui
vicia eta bercian parabiçu ya, Amen.

口絵３：『バスク初文集』の序文の文末に挿入された木版画。［BnF 所蔵］

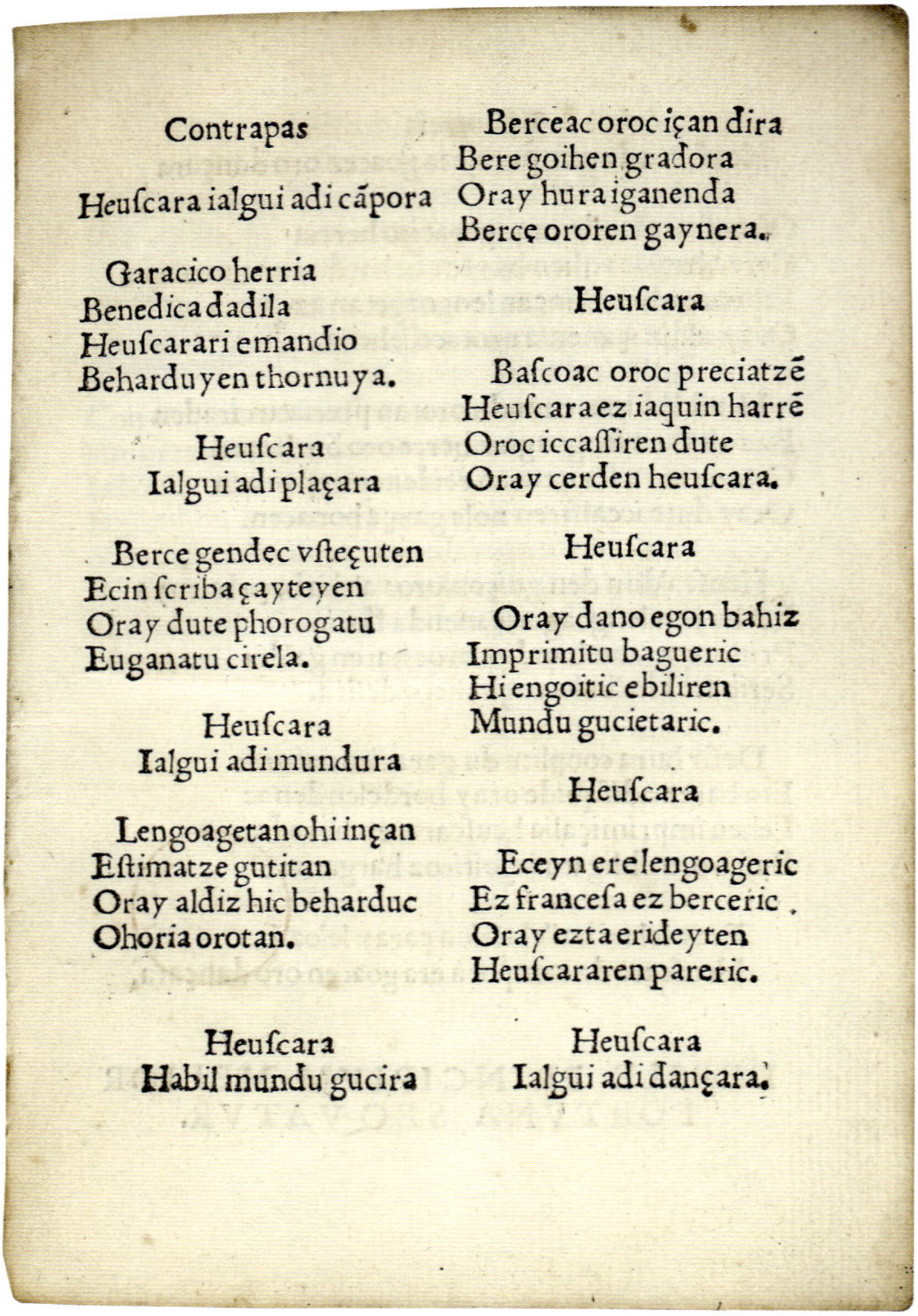
Contrapas

Heuſcara ialgui adi cāpora

Garacico herria
Benedica dadila
Heuſcarari emandio
Beharduyen thornuya.

Heuſcara
Ialgui adi plaçara

Berce gendec vſteçuten
Ecin ſcriba çayteyen
Oray dute phorogatu
Euganatu cirela.

Heuſcara
Ialgui adi mundura

Lengoagetan ohi inçan
Eſtimatze gutitan
Oray aldiz hic beharduc
Ohoria orotan.

Heuſcara
Habil mundu gucira

Berceac oroc içan dira
Bere goihen gradora
Oray hura iganenda
Berce ororen gaynera.

Heuſcara

Baſcoac oroc preciatzē
Heuſcara ez iaquin harrē
Oroc iccaſſiren dute
Oray cerden heuſcara.

Heuſcara

Oray dano egon bahiz
Imprimitu bagueric
Hi engoitic ebiliren
Mundu gucietaric.

Heuſcara

Eceyn ere lengoageric
Ez franceſa ez berceric
Oray ezta erideyten
Heuſcararen pareric.

Heuſcara
Ialgui adi dançara.

口絵５：「バスク語よ、世界に出でよ」の呼びかけで名高い「コントラパス」の詩。
［BnF 所蔵］

バスク初文集

バスク語最古の書物

Liburu honen itzulpenak Etxepare Euskal Institutuaren diru-laguntza izan du.
本書の刊行にあたっては、スペイン・バスク自治州のエチェパレ・インスティテュートより助成を受けました。

バスク初文集　バスク語最古の書物❖目次

凡例

一、本書はBernard Dechepare, *Linguae Vasconum Primitiae*, Bordeaux, 1545の全訳である。
二、日本語への翻訳に際しては、パリのフランス国立図書館（BnF）が運営する電子図書館サイトのガリカGallicaに公開されている原典の電子データを底本とした。
http://gallica.bnf.fr/ark:/12148/btv1b8609513p.r=Linguae+Vasconum.langEN
三、原典の著者名については、今日まで表記法が統一されていない。本書ではベルナト・エチェパレBernat Etxepareと表記する。その理由は、本書中の「エチェパレ断想――解説にかえて」において述べた。
四、原典に記されている段落記号¶は、日本語訳文においては無視した。ただし、原典における改行箇所は、一部の例外を除き、原則として原典の形式を尊重した。
五、原典に記されているピリオド（.）については、散文における文末と韻文詩における詩節の末尾に記される傾向が確認されるため、日本語訳においては、散文の文末と韻文詩における詩節の末尾において、例外なく句点（。）を付した。
六、原典に記されているコンマ（,）については、その用例数が少ないうえ、その用法に明確な規則性が確認できないため、日本語訳においては、いっさい反映させなかった。
七、上記四、五、六にもかかわらず、日本語訳の読みやすさを考慮して、散文においては読点（、）を適宜付し、韻文詩においては文節の分かれ目に適宜空白を導入した。
八、対話体の韻文詩においては、話し手が代わる箇所の冒頭に、原典にはない縦の棒線（二倍ダーシ）を付して、話者の交替を明示した。
九、原典に行番号は記されていないが、バスク語アカデミーが刊行している多言語訳（本書一九二ページ文献[10]）において付せられた行番号を本書においても付し、原典あるいは他言語訳との比較参照の便に配慮した。
十、本篇、解説ともに訳者による註（＊）を付した。

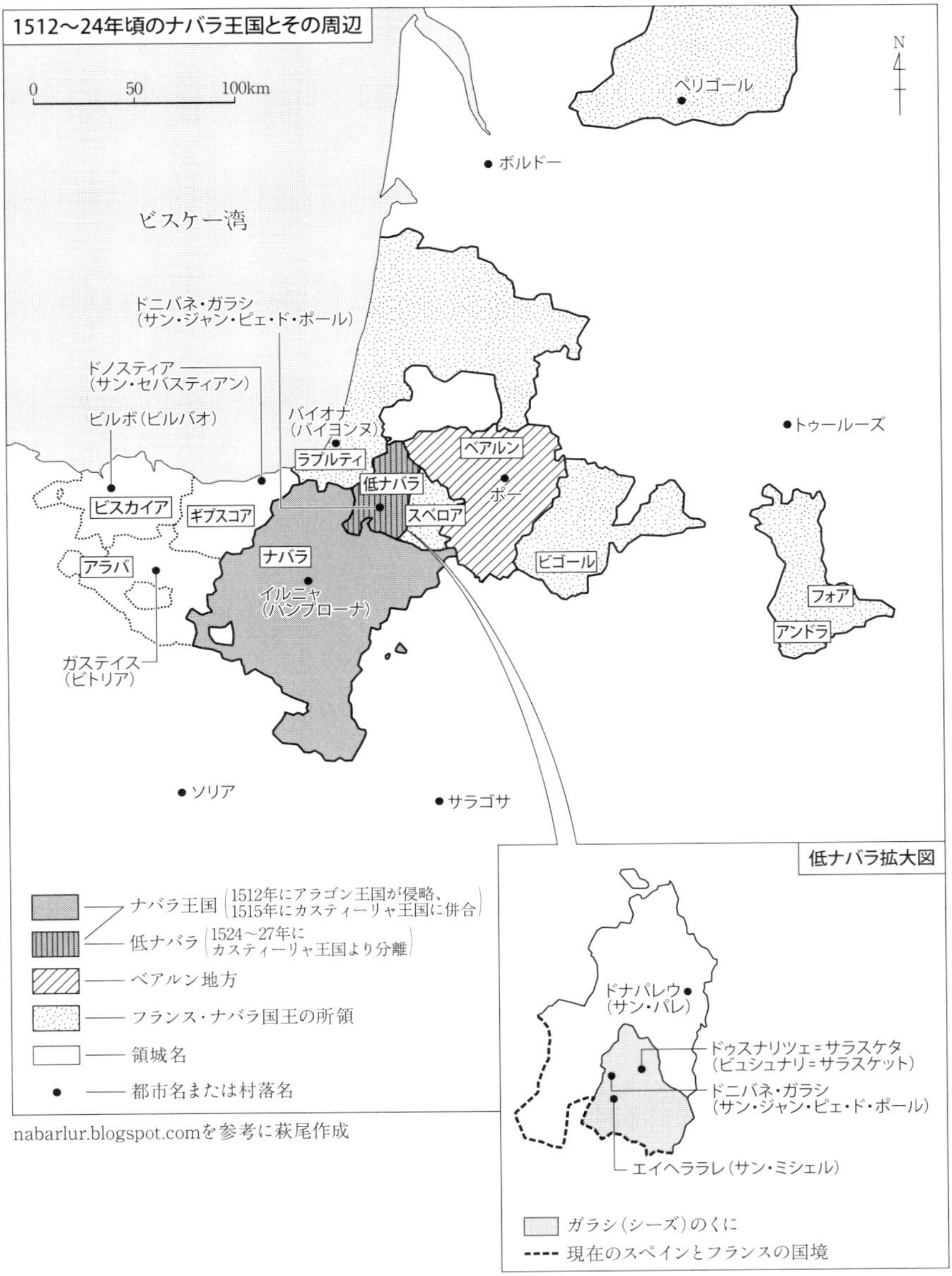

nabarlur.blogspot.comを参考に萩尾作成

『バスク初文集』日本語翻訳版への緒言

ポー大学准教授・作家
ウル・アパラテギ（Ur Apalategi）

バスク語で書く古典的な作家の中にあって、ベルナト・エチェパレは、まぎれもなく特別な位置を占めています。あらゆるバスク語の作家の中でもっとも古く、バスク語で作品を書き残した最初の人間であるというのに――彼が一五四五年にボルドーで刊行した詩集こそが、バスク語で印刷された最初の書物なのです――、今日の私たちバスク人にしてみると、いちばん身近なバスク語の作家だと言えるからです。彼の存在感は、バスクの世間一般においては、過去のいかなるバスク語の作家のものよりも大きいのです。エチェパレの名前は、通りや学校や団体組織に冠せられています。バスク語文学を取り上げる唯一のテレビ番組には、「サウトゥレラ」という『バスク初文集』の中の詩の表題が付けられています。バスク語で読むという習慣を持たない人びともまた、最初のバスク語作家が印刷した少なくとも数篇の詩を知るに至っています。なぜなら、ここ数十年ほどの間に、彼の詩のいくつかが歌曲化されて、多くのヴァージョンが生まれたからです。

エチェパレの知名度の比類なき高さは、文字に書かれた文学伝統の創始者に伴う特権だと言えるでしょう。とはいえ、創始者であるというだけで、すべてが説明されるわけではありません。実際のところ、上述したように、エチェパレと、彼自身の唯一残された書物を、それが私たちの手元にあるということ以上に、「身近に」私たちは感じているのです。そう、驚くほど身近に。あるいは、騙されたかのように身近に、でしょうか。

この身近さの感覚は、何よりもまず、エチェパレが高唱したバスク語擁護の姿勢に伴って生じています。いまだにダイグロシア状況[*1]に苦しんでいる私たちの言語の有り様からして、「ほかの人びとの」バスク語に対する軽蔑、バスク語を世界中に知らしめようという呼びかけ、言語に対する自負の回復云々、というこの詩人のことばは、私たちの心に直に届くのです。これらのすべてが、今日の私たち自身のことばであり、懸念であるのかもしれません。というのも、四世紀半の隔たりがあっても、同じ原因は同じ結果を生むでしょうから。そして第二に、エチェパレの作品には、ほかの古典的なバスク語作家の多くの作品に見られるような、時代ととも

＊1　ある社会の中に二つの言語が相異なる機能分化を伴って併存し、双方の言語または言語話者の間に、不均衡な階層構造やそれに起因する紛争が生じかねないような言語社会状況のこと。具体的には、フランス語ないしスペイン語に比べて、バスク語の置かれた劣位な社会言語学的状況のこと。

に読みづらくなっていくという欠点がないため、彼は私たちに対して影響力を持ち続け、また身近な存在となっているのです。エチェパレの声が（司祭の声であったにもかかわらず）道徳家然としていたことは、一度もありません。衒学的な作家ではありませんし、流行遅れの文学ジャンルに処していたわけでもありません。反対に、エチェパレは生ける詩人であり、人生を謳歌する詩人として、私たちの面前に姿を現わしています。郷土の民衆に寄り添い、一人称で詩を書いた大胆な作者なのです。一言で要約するならば、近代的な詩人なのです。

興味深いことに、彼に続く幾人かのバスク語の作家にとって――例えば一七世紀のバロック詩人オイヘナルトにとって――、エチェパレは私たちにとってよりもはるかに縁遠いものと映っていたようです。そして奇妙なことに、私たちにとっては、エチェパレがオイヘナルトよりもいっそう身近な存在なのです……。この身近さの感じが、信頼しうるものなのか、時代錯誤の幻想なのか、を知ることができるかどうかは疑問です。なるほどエチェパレは、時代遅れとなった中世風文学の様式を駆使する二流の作家だと、長きにわたって言われてきました。そうした状態は、二〇世紀の作家や歌手がエチェパレを再び最前線に引き出すまで続いたのです。この二一世紀初頭になって、大学の最先端の批評家が、エチェパレは当時の人文主義の知的革命と密接な関わりを持っており、彼のいくばくかの「奇妙さ」（例えば原フェミニスト的態度）はこうした当時の文脈においてのみ理解可能であると、改めて主張するようになったのです。

留意すべきは、エチェパレが現代の私たちバスク人の大半の心性やイデオロギーと共有できる物事を語っているのは、私たちの今日的状況と関係のない理由によって――すなわち、ルネサンスの知的・倫理的な楽観主義や自由主義に与しているから、卑しいと見下されてきた言語をラテン語（およびその他の言語）に抗って賞賛しているから、などといった理由――だということです。彼の詩はバスク・ナショナリストの観点から読むことも許されますし、フェミニストの観点からの読解も可能です。お望みなら、今日これほどまでに広まっている、セクシュアリティに対する快楽主義的な賞賛を、彼の詩の中に読み取ることも容易にできます。同様に、オートフィクションを好む人びともまた、エチェパレの自伝的な字面の中に、その嗜好を満たす糧を見出すことでしょう。

『バスク初文集』の紙面は、今日のバスク語の読者のイデオロギー的特性が見事に投影されるスクリーンです。著者の生涯や時代背景についてのデータがきわめて少ないことも、このことに貢献しています。実際のところ、エチェパレの人となりについて私たちは何を知っているでしょうか。占領されて半ば二分された当時のナバラ王国に対するエチェパレの政治的な繋がりについて、何を知っているでしょうか。（おそらく）カスティーリャ王国に協力した咎で（ほぼ確実に）牢獄に一定期間監禁されたことの詳細について、私たちはおよそ何も知りません。その生涯と人となりが謎に包まれているため、各自の好みによるエチェパレ像を作り上げることがむしろ容易になっているのです。それゆえ、別の方面からイデオロギーの風が吹いてくれば、一七世紀から二〇世紀の間に生じたのと同じように、エチェパレをバスク語の読者から今一度「遠ざける」ということが、いつの日か起こるかもしれません。反宗教改革の影響下にあった一七世紀のバスク社会は、エチェパレの陽気さと無秩序な欲望を好ましく思いませんでした。同じことが、一九世紀のピューリタン的なバスク語の読者のもとで起こりました。ところが二〇世紀には、バスク・ナショナリズムが興隆し、その結果バスク語話者の近代性が標榜されたことから、エチェパレの再発見へと繋がったのです。以来、エチェパレは、ルネサンスの私たちの兄弟として、もっとも身近で著名なバスク語の古典的作家へと、明らかに変貌したのです。

このエチェパレを読まれる日本の読者は、一つの民族文化が、孤立主義の段階から次第に距離を置きつつ、世界に開かれた段階を経験しうるのだということを――日本文化においても同様の現象が発生以来何世紀にも及んだことを――、十分承知のことでしょう。外来の要素を取り込んで再解釈することから生まれる魅力的な結果についても、同様に十分承知のことでしょう。というのも、近代日本文化は、ある程度まで、西洋文化との建設的な対話に拠って立つ成果物でしたから。果たして、一五四五年の『バスク初文集』の初版刊行とともに、バスク語文化は熱狂的に開化の段階へと入り始めました。バスク語はみずからの存在を世界に知らしめたかったわけですから、当時のヨーロッパの近代性を代弁していた人文主義を模倣しようと努力し、その新たな媒介手段――印刷本――をみずからの手中に収めました。エチェパレのユートピア的な詩は、全世界に向けて私たちバスク語の話し手に関する話題を発信すべく、私たちバスク人の文化と言語が存在しているという良き知らせを全世界に広めるべく、書き綴られたのです。つまり、まさにあなたのために書き綴られたものでもあるのです。世界人としての親愛なる日本の読者である、あなたのために。

バスク初文集

エイヘラレ[*1]の主任司祭
ベルナト・エチェパレ[*2]氏による

印刷工と読者におかれては、zがmの代わりに決してなりえないことと、iの直前のtをcのように発音しないことに注意されたい。また、cの下に尻尾（セディーユ）の付いたçは、母音a、o、uの前に置かれるが、これらは、ceやciにおけるcのように、zよりも若干強く発音されることにも注意されたい。[*3]

＊1　現フランスのピレネー・アトランティック県サン・ミシェル村のこと。このタイトルページと次の「印刷工と読者」に対する注意書きは、ラテン語で書かれている。
＊2　著者名については、萩尾の解説を参照されたい。
＊3　正書法と音声については、吉田の解説を参照されたい。

国王の公正かつ高貴なる法律顧問にして
美徳と善に満ちたお方であられる
ベルナール・レヘテ[*4]閣下に対し、
その小僕であるベルナト・エチェパレは
衷心よりご挨拶申し上げ、ご安泰とご健勝をお祈り申し上げます。[*5]

バスク人は如才なく、勤勉で、かつまた高貴であります。そしてそれは今も相変わりません。しかも、あらゆる学問において教養があるというのに、なぜ今までみずからの固有の言語であるバスク語でものを書いてこなかったのか、バスク語がよそのさまざまな言語と同じく、書き言葉としてもまことに素晴らしい言語であることを全世界に示してこなかったのか、閣下、私には不思議でなりません。そうしてこなかったがために、バスク語は過小評価され、何の名声も得られず、世界中の人びとから書くのには適さない言語なのだと思われてしまうのです。ほかの人びとは皆、自分自身の言語で書くという行為を行っているのですから。

今、閣下、貴殿はバスクの土地に生まれた気高いお方として、バスク語を尊重し、賞賛し、崇敬しておられます。そのような貴殿に、無知無学な私ではありますが、バスク語で詩を何篇か書きましたので、ここにお贈りいたします。これらの詩をご覧になり、また必要なら手を入れていただいたうえで、もしよろしければ、印刷してもらえるようご高配いただけないでしょうか。そうして、貴殿の手から、私たち皆の素晴らしい宝物であるバスク語が、今まで印刷されたことのなかったバスク語が、印刷されることにより今後ますます進歩し、生き永らえ、世界のすみずみへ広がっていくことを願うものであります。そうすれば、バスク人もほかの人びとと同じように、自分たちの言語で書かれた宗教上の教理や、さまざまな題材――気晴らしになるもの、話の種になるもの、歌えるもの、暇つぶしになるもの――を持つようになるでしょう。さらに、私たちの後に続く者たちは、意欲的にそれをより良いものにしていこうとするでしょう。ここに、貴殿に対して、この世での繁栄とあの世での楽園を神が約束してくださいますよう、私はお祈り申し上げます。アーメン。[*6]

＊4　ボルドー高等法院の次席検事にして、エチェパレの庇護者。詳しくは萩尾の解説を参照されたい。
＊5　原典においては、ベルナール・レヘテに対する献辞を兼ねたこの序文に改行箇所は見当たらないが（口絵2参照）、ここでは読みやすさを考慮して、適宜改行を施した。
＊6　ラフォン（René Lafon, 1951, *“La Langue de Bernard Dechepare”*）は、表記上、言語上のさまざまな根拠から、この序文と、最後の二つの詩篇、すなわち「コントラパス」と「サウトゥレラ」はこのほかの詩篇のあとに書かれたものであろうとしている。詳細は吉田の解説を参照されたい。

キリスト教の教え

世の人びとは誰しも考えを巡らすべきでありましょう
神がいかにして私たち一人ひとりをお作りになり
みずからの心像にしたがって私たちの魂を創造され
記憶と意志と知力を賦与してくださったかを。

性悪な召使いを雇おうとする者はいません
奉仕しない者に給金を払う者もいません
神と私たちの関係もそれと同じです
神は善行を積まない者に栄光を授けはしません。

召使いは年中私たちに仕えています

わずかな給金で重労働です
神と私たちの間も同じこと
私たちは栄光に浴するために神に仕えねばならないのです。

13 種を蒔かなければ小麦を収穫し始めることなどできません
おのおのが種を蒔いてこそ刈り取ることができるのです
善き行いはたいそうな褒美にあずかり
悪しき行いは確実に罰を受けるものです。

17 神は日々私たちに良くしてくださるのですから
私たちも神のことを忘れてはなりません
私たちの誕生と終焉が神の御心であることに考えを巡らし
昼夜を問わず忘れずに神の名を讃えようではありませんか。

夜に

夜　寝床に就く時　神にその身を委ね
そして祈りなさい　あらゆる危難からお守りくださるように
そして起床したらすぐに思い起こしなさい
心からの祈りの言葉を唱えるのだと。

朝に

朝は　できるかぎり教会へ出向きなさい
その聖なる家で　神にすべてを委ねなさい
教会に入る時には　誰の前にいるのか
そこで誰と対話するのか　よく考えなさい。

墓地で

教会墓地に入る時　故人のことをよく思い出しなさい
彼らも生前どれほどにお前と同じだったかを

彼らと同じくお前もいずれ死す身　しかもその時を知る由もありません
神に赦しを請いなさい。

洗礼盤

教会に行ったら　洗礼盤を見やりなさい
そこで信仰と神の御恵みと救いの道を
授けられたことを思い出しなさい
誰よりもまず神に感謝するように。
33

聖体

それから聖体がどこにあるかよく確かめなさい
そのお方こそがお前を救ってくれることを忘れてはなりません
心から敬い　最後の日に聖体を拝受する恩寵を
授かるよう祈るのです。
37

十字架

十字架にかけられたイエスを見て　そして思い起こすのです
あのお方の聖なる血のおかげでお前が救われたということを
あのお方はお前を生かすためにみずからの死をお選びになったのです
お前はそれにどう応えるのか　とくと考えなさい。
41

聖母マリア

聖母マリア様のいらっしゃるところに目を向けなさい
世界中が束になってもマリア様のようにはお前を救うことはできません
マリア様こそ神の栄光にもっとも近いところにいらっしゃいます
あらゆる恩寵はお望みの時にその御手の中にあるのです。
45

輝かしき婦人にして優しき母よ
49

罪人は皆あなたのなかに希望を見出します
大いなる罪人であるこの私も　あなたのもとへ向かいます
あなたのお力によって私の魂が救われますように。

聖人に

お前は聖人にも敬意を捧げるべきです
とりわけ　お前が信じる聖人を
思い出すのです　その日がどの聖人の祝祭日なのか
その教会がどの聖人の名のもとに建立されたのか
魂の救いをよくよく請い願いなさい。

日曜日の祈り

慈しみ深き　優しき主よ
どうか私の祈りをお聞きください

生きている時も　死の間際にあっても
気をしっかり持たせてください
あなたへの聖なる信仰が揺らぎませんように
私の最後の日にも正しく生きることができますように。

64 そして私に力と恩寵をお与えください
犯してしまった罪について相応の悔い改めを行い
私の懺悔を申し分なく行うために
そしてあらゆる罪が赦され
そう　堂々とあなたの聖体を受けることができますように
そしてまた　なくてはならない残りの秘跡[*7]を賜ることができますように。

70 私を破滅させようとあらゆる手段を使って

＊7　「残りの秘跡」とは、「塗油の秘跡」（「終油の秘跡」）であると考えられる。これにより、罪が赦されることになる。

邪悪な敵が私を誘惑しに来るでしょうから
主よ　どうか　配下の聖人を遣わせ　私を助けてください
最後の瞬間に敵が私を打ち負かすことのないように。

その時　どうか私の魂を天なるあなたの栄光の中に受け入れてください 74
私の魂はあなたの聖なる血によって救われるのですから
そして私はまさにそこであなたのご尊顔を拝することでしょう
そして聖者とともにあなたの偉大さを讃えるでしょう。

朝な夕な　お前は服を脱ぎ着します 78
体を養うために朝餉と夕餉をとります
神の栄光のもと魂を救うためには
こうした日々の行いを怠ってはいけません
毎日行うのが難しければ　日曜日ごとに行うようになさい。
私たちの間には視界のきかない深い闇が見て取れます[*8] 83

私たちはかくも敵を利することを行っているのでしょうか
私たちを救ってくれる神を無視し
しかもそれがまったく非道だと知りながら。

私は　ちまたの人びとが　そして何より自分自身が
この世にかくも強くしがみついていることに驚いています
この世であまたの人びとが裏切られるのを見てきているのに
今まで大勢が身ぐるみはがされてきたというのに
そして後世の者もそんな運命から逃れる術はないでしょうというのに。

ひとは皆　死後次の三つの段階を踏みます
肉体が冷たい地中に埋められ　朽ち果てるのを待ちます
遺品は親族たちがすみやかに分け合います
哀れな魂はその行くべき場所へと旅立つのです

＊8　ここからの四行は、行番号252からの四行と同じ文言。

苦難の道のりを　ともに連れだつ者もなく。

97 週に一度　日曜日に私たちはよく内省するべきです
その一週間にどれほど多くの罪を重ねたかを
よく省みて　そして神に赦しを請うのです
衣服と同様　魂も毎週洗濯するべきなのです。

101 私たちの運命は次の二とおりです
善行を積めば　天国は約束され
罪悪にまみれて死ぬ者は　地獄へ堕ちるのです
ほかに選択の余地はないのですから　最良の道を選ぶがよいでしょう。

105 自分の羊の群れを狼から守ろうとしない
だらしない羊飼いなどどこにもいないことを私は知っています
私たちはみずからの魂に対して神から授かった任務を有しているのです
魂をどのように管理すべきか　各自がよく考えてみなさい

その高価な血で私たちの魂を救い出してくれたお方に対し
私たちはきめ細かく注意を払うべきなのです
そう思わないひとは間違っています。

私たちは聖なる受難について沈思し
その深い悲痛を心で感じ取らねばなりません
皮を剝ぎ取られて手足に釘を打たれ
傷だらけの体をいかに十字架にさらしておられたかを。

悪人であるかのように盗人と一緒に吊され
頭には茨の冠を着けられたのです　全世界の主は
その尊くももろい体は
手ひどく愚弄され　切り刻まれたのです。

ああ　その時　主の母上様の悲しみ[*9]はいかばかりであったでしょうか
主の愛する母上様にして全世界の避難所でもあるお方の悲しみは

愛する息子の苦しみと
生きとし生けるものの死を目のあたりにして。

愛しき母よ　その時あなたを襲った悲しみと
あなたの心の傷は私の心にも深く刻まれたのです
あなたの偉大なる主が尊い血を流しきってしまうのを
いかにご自身の目でご覧になったことか
それは私のためだったことを私は教えられたのです。

どれほど多くの罪を重ねてきたか思い起こしなさい
そのせいで多くの場合破滅に値するのです
しかし主の慈悲のお陰でお前は救われてきたのです
もしお前が懺悔すれば　主はその場で赦してくださいます
しかしおそらくお前はすぐにまた罪を犯すのでしょう。

神の偉大なお力を思い起こすのです

天も地も海も　その手中にあるのです
そして救済も　断罪も　生も死も
そのお力は　森羅万象におよぶのです
誰も主の支配から逃れることはできません。

この世では私たちは互いに欺きあっています
しかしあの世では皆が真実の道を歩むことでしょう
誰がいかに生きてきたかがその時明るみに出されるでしょう
為してきたこと　言ってきたこと　考えてきたことの　すべてが明るみに。

神の偉大な正義を思い起こすのです

＊9　ここで「母の悲しみ」と訳した部分は、原文では"arima tristia"となっている（arima＝「魂」、tristia＝「悲しい」）。しかし、ラフォン（1952, "*Notes pour une edition critique et une traduction françaaise des Linguae Vasconum Primitiae de Berbard Dechepare*"）、アルトゥナ（Patxi Altuna, 1980, "*Lingua Vasconum Primitiae Edizio Kritikoa*"）がすでに指摘しているように、次に続く三行の内容との関連から、arima＝「魂」でなくama＝「母」と解釈するのが妥当であると考えられる。

私たちは皆　厳密に清算しなければなりません
行いにまさにふさわしい見返りを受けるのです
死で報いることになったとしても　それが主のご意志なのです。

その時になって主に言い訳をしても無駄というものです
主は誰にも一刻の猶予も与えないでしょう
小なる者であれ大なる者であれ考慮しないでしょう
皆自分の荷は自分で背負わなければならないのです。

では　この哀れな罪人である私はどうすればよいのでしょうか
偉大な審判者と私の間をとりもつ仲介者はいないでしょう
あのお方の法廷では誰も罪人の弁護はできないでしょう
そこではすべての罪が公にされるでしょう。

ああ　私たちは皆　今すぐに悔い改めましょう
求められても　後からではおそらく時間がないでしょう

多くの者が　先延ばしして偽りの時を過ごしていますけれども
誰も一日生き延びるだけの保証もきっとないでしょう。

日々私たちは死の支配下に置かれています 159
私たちは万事ぬかりなく準備をしておく必要があります
五体満足なうちにものごとを整理しておくのです
最後の時にはそんな時間もないでしょう
その時には魂のことに多くを行わねばならないのですから。

私たちが岐路に立っているということをどうか考えてみなさい 164
救済よりも地獄の劫罰に近い危うい地点にいるのだということを
どうか誰一人として虚栄を信じませんように
虚栄のうちに栄光を得た聖人は一人としていないのです。

さあ　すべての罪人たちよ　こちらを見なさい 168
神は世界をその罪のために断罪なさいます

というのも私たちはあまたの罪を犯して生きているのですから
私たちはおのが罪のために破滅するのでしょうか。

羊飼いは皆　日暮れになると羊を集め
天気が悪ければ安全な場所へと導きます
一人ひとりが魂のことを気遣うべきです
最後の時に　どうしたら救われるのかを。

罪人は地獄でひどい苦痛を味わうのです
絶え間のないこのうえなく恐ろしい苦痛を
そして永遠に業火に焼かれるのです
分別があるなら　そうならないよう悔い改めなさい。

死に抗うための武器

死は思いがけない時に突然やってきます

おそらく懺悔する時間も与えられないでしょう
次の三つのことを真実だと見なしうる者は
死を免れないとしても　救済されますように。

第一の真理

184 善なる主よ　私は告白します　罪を犯しました
悪しき行いに走り　たいへんな罪を犯しましたと
私は道を踏み外してあなたに背きました
あなたに背いた行いゆえに私は悔悟に苛まれているのです。

第二の真理

188 おお　善なる主よ　私は今まさにこの時から
生涯　罪を犯さぬように決意いたします
主よ　どうかお力と恩寵を私に賜りますように

この誓いを生涯守り通すことができますように。

第三の真理

善なる主よ　私は四旬節に
心からの懺悔をすることを決意します
そして改悛して正道を全ういたします
どうか主よ　私の意志を確実なものにしてください。

こうしたことがらを心から行わない者は
たとえ罪のすべてを告解したとしても
救済されることは決してありえないと知るべきです
道を誤りたくなければ　そう肝に銘ずるべきです[*10]。

司祭も　司教も　教皇ですら
ひとの罪を赦す権限を持ってはいません

神はつねに私たちの心を見ておられます
私たちの意志を本人よりもはっきりと見ておられるのです
意志がなければ　神の御許ではどんな言葉も無駄でしょう。*11

日々　自分の家をきれいにしておきなさい
何事にもつねに勤勉に取り組みなさい
仕事も　悔い改めるための苦行と思って行いなさい
そして何をおいてもまず神を讃えなさい。

---

*10 アルトゥナ（1980, 前掲書）によると、この節と次の節はエチェパレのスタイルからかけ離れており、「この二つの詩節は、エチェパレの詩を何度か読み、そのリズムに慣れた者にとっては、耳障りなものとなっている。詩作法上、瑕疵に満ちており、エチェパレの手によるものではないと考えられる」と述べている。
*11 アルデコア（2010, “*Bernard Etxepare: «Doctrina Christiana» y poesía amatoria*”）によれば、行番号184から204までの文言には、フランスの神学者ジャン・ド・ジェルソン Jean de Gerson の『魂の鏡』との類似が確認されるという。

つねに善良な人びととつき合うようにしなさい
悪い人びとからは良いことは何も得られないでしょう
自分がされたくないことを他者にしてはいけません
自分にとって望ましいことは必ず他者にしてあげなさい
救済を望む者はこの法則に従いなさい。

209

十戒

唯一の神のみを讃え　最優先に敬愛せよ
主の御名を必要もなくみだりに唱えてはならない
日曜日と祭日を忠実に祝賀せよ
父母が長生きするように　大切にせよ
何人をも殺してはならない　憎んでもならない
他人の妻に触れてはならない
他人のものを盗み取ってはならない
隣人について偽りの悪評をたててはならない
他人の妻や娘に邪念を抱いてはならない
他人の財産を不正に欲しがってはならない。

214

この十戒は神がくださったものです
神の救済を受けるために　私たちはこれを遵守しましょう。

224

最後の審判*12

欲望のおもむくままに罪悪の中に暮らす者たちは
最後の審判のことを忘れているのです
その日に破滅しないように前もってよく考えておくのです
その日になってしまえば　私たち誰一人にも残された時間はありません
最後の審判のことをよく思い出すのが賢明というものです。

備えなさい　備えなさい　全世界が裁かれる最後の審判に対して
天と地の万物の偉大なる創造主が

＊12　個人が死後ただちに受ける私審判でなく、イエスの再臨後に人類全体に対して行われる公審判のこと。

世界を厳しく裁くためにおでましになられた
一人ひとり　身ごしらえができているか　わが身を振り返ってみなさい。

世界のすみずみから　あらゆる民は
ヨシャファト[*13]へ集合せよとの命令が下されているのです
誰も　どこにも逃げ場はないのです
天も地も　あまねく震撼しているのです。

主は「死」に命じます　一人の例外もなく
すべての死者を生き返らせて主のもとへ連れてくるように
そこから先は「死」に対して何もできないでしょう
すべての人びとは二つの場所に押し込められるのです
天国か　さもなくば地獄に　ほかに道はありません。

主は「地獄」に命じます　恐ろしい大声で
そこにいる者をただちに連行するように

その者たちの魂と肉体をご覧になりたいとのたまい
そして彼らにふさわしい裁きを下すでしょう。

善良なる人びとよ　この裁きについてよく考えなさい
主がすべてにおいていかに偉大な力をお持ちか
死においても　地獄においても　天と地においても
それなのに　罪人はなぜ主に逆らうのでしょうか。

私たちの間には視界のきかない深い闇が見て取れます[*14]
私たちはかくも敵を利することを行っているのでしょうか
私たちを救ってくれる神を無視し
しかもそれがまったく非道だと知りながら。

＊13　ヨシャパテ、ヨサパテともカナ表記される。キリスト教において、神による最後の審判を受けるために死者たちが呼び集められる谷のこと。
＊14　ここからの四行は、行番号83からの四行と同じ文言。

魂と肉体の双方に重い判決がくだされるでしょう
そしてどちらもともに地獄の業火に焼かれ苦しむのです
休みなく果てしなく燃え続ける炎に
そこで何が得られるというのでしょうか　皆　とくと考えてみなさい。

かくも重く厳格な裁きが下されたことはありませんでした
またこれからも下されないでしょう
生まれし者　生まれ来る者　死せる後に蘇りし者
誰もどんなことをしても言い逃れることはできないのです。

重大な裁きを下すにあたっては　さまざまなことがらが求められます
裁く者は　誰にも何にも勝る権限を持っており
訴える者はみずからについて真実を述べねばならず
訴えられる者もみずから抗弁するにあたり同様です
そして誰が正しいかが明らかになった時

裁く者はそれぞれの者に判決を下すのです。

その日　全世界の主こそが審判者です
主こそがすべてに勝る力をお持ちなのです
主こそが訴える者であり　また良心そのものでもあるのです
その時　誰が有罪であるか　明らかとなるでしょう。

そして罪人は全世界を敵に回すことになるでしょう
なぜなら世界の創造主に背いたのですから
そして罪人は言葉もなくうなだれるでしょう
あらゆる逃げ道はすべて閉ざされているのです。

高いところでは審判者が怒り狂っており
低いところでは地獄が口を開けて身構えており
左の方では邪悪な敵が非難の声をあげ
右の方では罪人たちが公然と口にしているのです

我らは我らを創造したお前に背くと
そしてもっとも厳しく追及してくるのは　自身の内にある良心なのです。

どこにも隠れる場所などないでしょう
誰がそんな時にみずから名乗り出ることができるでしょうか
全世界が彼らに敵対するでしょう
聖人たちも　その時には沈黙するでしょう
審判者も　どんな懇願も聞く耳を持たないでしょう
そうならないように　その日のことを念頭に置いておきましょう。

その日　この世の国王陛下たちはどこにおられるでしょうか
公爵　伯爵　侯爵　騎士　そのほかの貴族たち
それに彼らの軍隊の頑健な兵士たちの武勲は
彼らの力など　その日にはほとんど役に立たないでしょう。

法律家に神学者に詩人に医者

検事　弁護士　判事　そして公証人は
その時にこそ　彼らの邪心が白日のもとにさらされるでしょう
彼らの思慮分別も語り口も　ほとんど役に立たないでしょう。

教皇　枢機卿　司祭　高位の聖職者たちは
自分自身とあらゆる信者に対して責任を持たねばなりません
その日には　もっとも偉大な者も途方にくれ
大なる者も小なる者も　皆同じように裁かれるでしょう。

その日になってあのお方に呼びかけても無駄です
あのお方は自分の上には何者も認めません
あのお方は邪悪を嫌い　真実を愛しておられます
ああ　どうか　皆　今こそ悔い改めましょう
その日が来てからでは間に合わないのですから。

陰鬱な前兆が現われることでしょう

あらゆる天変地異に見舞われることでしょう
太陽と月は血にまみれ
海は激しく荒れ狂い
魚は怯えて逃げ出すことでしょう。

312 そして大地はいずこもすさまじく震えるでしょう
木という木は血の汗を流すでしょう
大気はことごとく嵐と雷に引き裂かれるでしょう
あらゆる山と岩は互いに砕け散るでしょう
この世のすべては炎によって一掃されるでしょう。

317 審判者は自身の姿を現わす前に命じるでしょう
最初に火が万物を焼き尽くすように
そしてこの世の穢れたもの　悪臭を放つものがすべからく消え失せるように
こうして大地は一面焦土と化すでしょう。

喇叭が世界のすみずみにまで響き渡るでしょう
「すべての死者よ　みずからの墓穴から這い出して来たれ
魂も肉体も今まさに蘇生したのだ」
私たちは一人の例外もなく裁きの場へ行かねばならないのです。

正しき者はその場ですぐに天へと昇ることでしょう
そして審判者の右側にならぶでしょう
罪深き者は地中の業火の中で苦しみうめくでしょう
そしてようやく最後の審判を聞くでしょう。

人びとが皆あのお方の前に集められると
そのお方は聖人を従えて厳然と天からおでましになるでしょう
そしてヨシャファトの宙空の高みにおられるでしょう
罪人たちを厳しく罰するでしょう
そのお方のお言葉は彼らを皆　打ちのめしてしまうでしょう。

334 主が受難をお望みになった時
そして人びとが武装して主に刃向かった時
わずか一言でその者たちを恐怖にひれ伏せさせたのです
主が裁きのために厳かにお姿を現わすのを見て
その時　みずからを恥じない者がいるでしょうか。

339 主はそれから罪人たちに向かって沈痛に告げるでしょう[*15]
汝らは生前私のことを忘れていた
私は汝らが生きていた時分　あれほどの恩恵を授けたというのに
汝らは生きている間に少しの感謝もしなかった。

343 汝らが所有している良きものはすべて私のものなのだ
汝らの肉体　あらゆる財産　そして魂も
私は汝らのために天と地を創ったのだ
太陽と月とありとあらゆる果実もまた。

火は暖め　水は清め　大気は呼吸をさせてくれる
守護天使は汝らを守り　聖人は汝らの仲立ち役となる
汝らのために私は命を賭したのだ
私が授けたあらゆる恩恵に対し　汝らはどう報いるのか。

貧しき人びとが病み　餓え　渇き
裸同然の姿でいる様を幾度も目にするたびに
私の名において施しをするよう汝らに幾度も頼んだというのに
汝らはあの者たちなど歯牙にもかけなかった。

汝らは私に逆らうことによって敵　すなわち
悪魔を　肉体を　そして世の人びとを狂喜乱舞させた
そして今　汝らに与えられるのは　呪いと
地獄の火と　永遠の苦しみなのだ

＊15　次の行番号３４０から３５９までは、神の言葉。

悪魔という悪魔を道連れにして。

まもなく審判が下されるでしょう
それと同時に　大地が口を開け
そこから吹き出す炎に皆　飲み込まれるでしょう
それこそが罪人が手にする最後の報酬なのです。

ああ　これほど多くの人間が永久に断罪される時
彼らの後悔たるや　いかばかりのものでしょう
もはや取り返しのつかない　想像を絶する悔悟は
おお　善なる主よ　どうかそこから私たちをお守りください。

次に主は　主に従った者たちに目を向けるでしょう[*16]
わが友よ　私たちは皆してともに行こう
そして永遠にわが至福の中に暮らすのだ
望みはすべからく叶えられ　歓喜にあふれて。

372 その時から　二つの王国だけが存在するでしょう
断罪された者は地獄で永遠にもだえ苦しみ
救済された者は神とともに永遠の喜びに満たされるのです
神が私たちを救済者の王国へ導かれんことを。

376 天はその時からもはや動きを止めるでしょう
太陽は東方に留まり
月は太陽と向き合って西方に静止するでしょう
この日は　ここに永遠に続くでしょう
しかし　生きとし生けるものはすべからく消え失せるでしょう。

381 おお　善なる主よ　あなたこそが私たちの創造者です
私たちは　罪深くあっても　皆あなたのものです

＊16　次の連続する三行は、主の言葉。

私たちの罪ゆえにあなたの御業が損なわれることのないよう
どうか　私たちの魂から罪を洗い流されんことを。

私たちの中に大きな罪が見出されるならば
あなたの中にはさらに大きな慈悲が見出されるでしょう
どうか　私たちをあなたのものでいさせてくださいますように
あなたの母上様が私たちをお守りくださいますように。

385

祈り

慈悲に満ちあふれる聖母マリアよ
神みずからの命による聖母マリアよ
全天地の崇高なる女王よ
罪人を弁護し慰めてくださるお方よ。

大罪者としてあなたのもとへ参りました
私を救ってくださるよう心から祈るために
穢れている私は　あなたの聖き御名を口にする価値も
あなたの御前にこの姿をさらす価値もない者ではありますが。
慈悲にあふれる偉大なる母よ

どうか私を拒まず　蔑まないでください
あなたに背を向けられたら　ああ愛しき母よ
その時には私は取り乱してしまいます。

私はあらゆる面で徳を欠いています
時を選ばず罪に溺れ　途方に暮れて生きています
そしていつも盲目の羊のようにさまよっています
俗世と肉欲につねに欺かれながら。

あなたはすべての恩寵の母であり源です
真にあらゆる徳と善をつかさどるお方
これまで一度も罪悪に穢されたことのないお方
私が高潔に歩んでいけるよう恩寵を賜らんことを。

罪人に対する癒しはすべてあなたの中にあるのです
希望　健康　そして救済

あなたに背を向けられた者が万策尽きるように
あなたに手を差し伸べられた者は救われるのです。

神はあなたに偉大な力をお授けになりました
あなたは神の母　しかも愛しい母でいらっしゃる
あなたが天と大地に及ぶ力をお持ちになることを神は望まれました
あなたがお望みになることはすべて叶えられるでしょう。

すべての者があなたの手から慈悲を賜りますように
あなたに身を委ねる者をお救いください
おお　比類なき至上の母よ
私にも恩寵と救済を賜らんことを。

私は生においても死においても　あなたにこの身を委ねます
私の肉体も魂も　そして持てるものすべてをも
その時が来たらどうかお救いください

そして私の全人生を支配されんことを。

そして神から力と恩寵を授かりますように
私の罪をしっかりと悔い改め
そしてその後　徳の中に生き
あらゆる面で神の意志を実践しますように。

どうか私のこの貧弱な肉体を災厄からお守りください
罪悪のうちに死なずに済むように恩寵をお与えください
永遠に断罪されず　迷わずに済むようにお守りください
あなたの手によって救いの道が示されんことを。

そしてやがて私に死が訪れた時
魂が分かれて行く恐ろしい時間
その時こそ私は始末をつけなければならないのです
今までのすべての行いにふさわしいことを受けるのです。

437 そしてその最初の夜をどこで過ごすのかわかりません
あなたのほかに私を救ってくれるお方はいないでしょう
どうか　私のところへおいでください　愛しい母よ
まことの仲立ち者にして私の救済者よ。

441 どうか　私の哀れな魂を庇護してください
その時に私が地獄への道を進まずに済むように
あなたの子である主と和解させてください
罪が赦され　天国への道が開かれますように。

445 そしてそこであなたの御前にお目通りがかないますように
そして主の偉大さを聖人とともに讃えさせてください
あなたは私のことをしかと覚えていてくださいました
衷心よりあなたへの祈りを捧げましょう。

この祈りを捧げるすべての者を　聖母マリアよ
どうか　生ける時も死せる後も　受け入れてくださいますように。

449

恋人たちへの訓《おし》え

ほかの皆さまは別のお方を心に留めておいででしょうが　私の場合それは聖母マリア
この良きお方が私たちをお守りくださいますように。

恋におちている皆さまが私めに注意を向けてくれますならば
皆さまのためになることをお話しいたしますよ
恋人を選ぶにはどうすべきか助言いたします
私の言葉が皆さまの心に深く刻まれますように。

私にも何人か恋人がおりました
でも　そこから何も有益なことは得られませんでした
幾多の苦悩や魂の喪失は　相手にとっても私にとっても同じこと

愛においては　一つの悦びに対して千の苦しみがあるのです。

愛においては　いったい誠実なひとが存在するでしょうか
甘言や宝石に心動かされない誠実なひとは
素晴らしいと思っていた相手は往々にして裏切り者と化し
最善の相手は最悪の存在となり得るのです　少なくとも魂にとって。

罪深い愛はいつだって不誠実です
死に際になってやっと真実が露わになるのです
手にする悦びは一瞬のものであり　すぐに去ってしまいます
罪びとはあとあと苦しむことになるのです
悦びが大きければ　苦しみもそれだけ大きくならざるを得ないのです。

私に対してつねに誠実な恋人が欲しいものです
この世だけでなく　あの世でも私を支えてくれるような恋人が
このような恋人には私は生涯お仕えしましょう

この世の暮らしは短く　あの世の暮らしは永遠なのです。

世界のどこを探しても　未だにこれほどのお方には出会っていません
神の良き母は慈愛に満ちておられます
あのお方の恋人になる価値のある者などおりません
あのお方にしっかり仕えましょう　私たちに寄り添い愛してくださるのですから。

あのお方以外の愛はすべて空虚です
ほかのひとたちは　肝心な時にはそばにいないのです
私たちは罪深いまま　予期していたよりも早く死ぬのです
もしあのお方が私たちを救ってくれなかったら　私たちは途方に暮れてしまいます。

あのお方が私たちの愛をすべて受け取ってくれますように
ほかのひとたちのことは忘れて　あのお方を讃えましょう
そうすることにより　私たちも讃えられるでしょう
余人をもっては代えがたいあのお方なしには　私たちは皆　途方に暮れるでしょう。

神を除けば　世界にあのお方ほど力をお持ちの方はおられません
空も　大地も　海も　すべてあのお方のもとにあります
必要とあれば　その手をあらゆるところに差し伸べるのです
自身は大きな存在なのに　小さき者の大切さを理解してくださるのです
そのようなお方を放っておいて　ほかに誰を見つけようというのでしょう。

ほかの恋人たちはただ一人の相手に対して誠実に振る舞うのです
誰が自分のものを他人と分かちあおうとするでしょうか
栄光ある聖母マリアが申し分ないとすれば
誰にでも申し分なく誠実なのです。

恋人はいったん自分の望みを叶えると
さらに大きな別の願いを持つようになり
そして決して満足するということがありません
みずからの生涯を通じていつも卑屈に生きていくのです

女も男も　皆　聖母マリアを恋人としなさい
あのお方ならすべての者を満たしてくれるでしょうから。

このお方は美しさの中にも慈愛を兼ね備えているのです
何人も　あのお方に対して邪悪な欲望を持つことはできません
しかし　あのお方を一目見れば　そのような悪い欲望は消えてしまうでしょう
あのお方のお姿を見れば　これが真実だとわかるでしょう。

私たちが心からあのお方に寄り添うならば
海からすべての水が　空から星が
森から木陰が　大地から草が
昼から太陽が　夜から闇がなくなったとしても
あのお方が私たちを置いていなくなることはないでしょう。

ならば　なぜ　私たち罪人はこんなにも愚かなのでしょう
お願いですから　皆してあの気高いお方のもとへ向かいましょう

ああ　お願いです　ほかの不実な恋人たちから離れましょう
あのお方となら　望みがすべてきっと満たされるでしょう。

ああ　哀れな恋人よ　お前はだまされてしまったのですね
愚かしさの中で一生暮らすのですね
私の優しいあの女性がお前を愛してくれなければ
この世でもあの世でも　お前は永久に途方に暮れることでしょう。

時間の許すかぎり　できるだけの善行を積みなさい
死が近づくにつれて　時は驚くほど貴重なものとなるでしょう
そんな時でも　お前が望めば　善行に励むことはできるのです
あのお方に安心して身をゆだねなさい　私の言うことは本当です
最後の時にもあのお方はお前を見捨てたりはしないでしょう
そんな時でも　あのお方の手には慈愛があふれているのです。

この世では多くのひとがだまされています

永遠の命を授かっていると思い込んで隷従しているのです
そして　思いもよらぬ時に　見捨てられるのです
そんなことを信じるなど　愚かな振る舞いです。

78 かくいう私自身　なんども愚かな振る舞いをしてきました
昼夜を問わず　寒い時も暑い時も
眠れず　苦悩は深まりましたが　魂ゆえではありません
今では　それは神ゆえであったと思っておきたいのです。

82 私のような者はこの世にごまんといます
つねに虚飾にまみれた一生を送っているのです
時間のあるうちに目を覚ましましょう
この女性が私たちをお守りくださるかもしれません
聖母はあらゆる母たちよりも　もっと慈しみ深いのです
あのお方を慕って行く者をすべからく愛してくださるでしょう。

88 過ちを犯していない者はいません　これこそ確たる真実です
神は　世界をその罪のために断罪するでしょう
偉大なるマリア様はあらゆる罪を免れていらっしゃいます
神が私たちをお赦しくださるよう　とりなしてください。

92 神は　罪人たちを救うためにあなたをお造りになったのです
神はみずからを正義を行う審判者とし
あなたを慈悲の庇護者としたのです
自身は罪人たちを審判において救うことができないので
あなたの慈愛で救済しようとしたのです
もしも罪人たちが本当にあなたのもとへ向かうならば。

98 あれほど不純な重罪人は
これまで存在もしなかったし　これからも存在しないでしょう
あなたに庇護を求めて来たら
あなたの愛によって赦されないことはないでしょう

あなたに守られた者は誰も破滅しなかったし　これからもそうならないでしょう
私たちはこの世でもあの世でもあなたに守っていただいているのです。

ほかの女性たちは小さな子どもたちの母親です
それゆえ　彼女たちは生娘ではありえません
聖母様　あなたはしかし　処女のままで神の母なのです
そして爾来　天においても地においても　女王なのです。

神が万物の主であるように　あなたは万物の女主人です
それだからこそ万人があなたを讃えるのであり
イエス・キリストもまたあなたを讃えるのです
あなたほどの気高さを備えたお方はこの世にはおりません。

ああ　マリア様　あなたのようなお方はどこにもいません
神ご自身を除いては　あなたこそ最高の存在です
神以外の者は皆あなたの下位に位置します

あなたは世界の高みにいらっしゃる神の母なのです。

神に対してあなたほど尽くしているひとはいません
また　神ほどあなたに尽くしている存在もありません
その母に対して従わないでおくということは　できないのです
どうか　私たちをあなたのものとして恩恵を賜りますように。

もしあなたが私を心から守って受け入れてくださるなら
私は断罪されないだろうと確信しております
あなたは途方に暮れた人びとを大勢庇護してこられました
どうか私に対しても　破滅する前に　救いの手を差し伸べてください。

あなたが追い払うことのできない悪など　どこにもありません
同時に　あなたの手中に収まらない善などないのです
いつ何時　いかなる場所においても　疑いなく
すべての恵みを神はあなたの手中に授けるのです。

母親とは　望むものをすべて息子から授かるものです
孝行息子は　母への愛情から　できるだけのことをするものです
私たちはあなたの虜になるように生まれついたのです
あなたを通じて　私たちは神と兄弟になれるのです。

神の母として　私たちの母として　あなたは尊い存在なのです
母親とは　息子たちの兄弟喧嘩に我慢できないものです
神が私たちの悪行に激怒されるところをあなたがご覧になったら
皆の母上様であられますゆえ　すみやかにとりなしてください。

今日人びとが犯している大罪ゆえに
神はとっくに全世界を破壊していたことでしょう
あなたが私たちのためにとりなしてくれなかったなら
あなたのお祈りのおかげで　神は私たち皆を生かしておいてくださるのです
私たちが性悪なのは　あなたのせいではありません

私たちが救われるように良き最後へとお導きください。
愛しい母上様　私があなたに対して罪を犯すことがあったら
どうかただちに私を罰し　そして正してください
ああ　私の母であるあなたを捨てて　私はどこへ逃れ行くことができましょうか
あなたのような母を　私はほかに存じ上げないのです。

142

女に対する擁護

どうか私に免じて　女のことを悪く言わないでください
男がちょっかいを出さなければ　女は何もしないでしょう。

軽薄で不誠実だなどとあげつらいながら
多くの男が女の悪口を言っています
むしろじっと黙っている方がよろしいですよ
女が間違いを犯すのは　いつも男がらみでなのですから。

女の悪口を言わないような分別ある男はほとんどいません
彼女たちを讃える方がより正直なことでしょうに
なぜ彼女たちのことを悪く言わねばならないのでしょうか

偉大なひとも　卑小なひとも皆　女から生まれてきたというのに。

女の悪口を言うのは　しかも一人の悪例を挙げて
すべての女を等し並みに扱うのは　まったくもって無謀なことです
そんな男どもは皆　黙っていてほしいものです
そんな輩が女の乳で育てられてきたのは何とも残念です。

女の悪口を言う者はすべからく考えるべきでしょう
みずからも　ほかの皆も　誰のおかげでこの世へ出て来たのでしょうか
私は尋ねたいです　母親というものはすべて女ではなかったのですか
母のためにもすべての女を讃えるべきなのです。

女はつねに男に恩恵をもたらす存在です
私たちは皆　まずは女のもとからこの世へ生まれて来たのです
彼女たちが育ててくれなければ　私たちは生まれても死んでいたことでしょう
育ってからも　毎日女の助けを必要としているのです。

私たちは女がいなければ身支度も食事もできないのです
病んで体が重たい時　女がいなければ男はどうしようもなくなります
女が死んでしまえば　誰が彼女ほど懇切にめんどうをみてくれますか
疑うまでもなく　男には女が四六時中必要なのです。

私は女のいないところには何の悦びも見いだせません
男も家も　少しもきちんとしません
家の中はすべてのものが雑然としているのです
天国にも　女がいないのでしたら　私は行きたくありません。

女が先に男を攻撃したなど　一度も聞いたことがありません
むしろ先に攻撃をしかけるのはいつも男の方なのです
悪はいつも男の側から生ずるのです
なのに　なぜ女が責められなければならないのでしょう。

男の方にこそより高い徳が要求されるべきでしょう
私には女の中にこそいっそう多くの善が見えます
邪悪な女一人に対して　邪悪な男は千人もおりますが
誠実な男は　誠実な女千人に対してただの一人です。

男に注意を向ける時　どんな女にも良いことは何もないでしょう
というのも　男というものは女に攻撃をしかけずにはいられないものだからです
しかし　おおかたの女は　男の魔手から逃れることができるのです
というのも　女にはより高い徳が備わっているからです。

私は男に乱暴をはたらく女がいるとは聞いたことがありません
しかし　男こそ気が狂ったように女に襲いかかるのです
女に言い寄られて
その女を悪者扱いする男がどこにいましょうか。

神は世界中の何にもまして女を愛しています

女に愛をささやくために天から降りてこられたのでしょう
その女のおかげで　私たちは神と兄弟になれるのです
神の愛のために　すべての女が賞賛されるべきなのです。

女とは甘美なものだと私には思えます
あらゆる賜物の中でももっとも繊細なもの
夜であっても昼であっても素晴らしく魅力的なのです
女の悪口を言うのは　はなはだ卑しい行為です。

この世にこれほど美しく快いものがあるでしょうか
男の下に赤裸々な肉体を横たえる女ほど
捧げ出すように二本の腕を広げて
その男のなすがままに任せている女ほど。

肉体の真ん中を矢が貫いても
まるで天使のように　非難の言葉は一言も発しないでしょう

そして矢[*17]が柔らかくなり傷が癒えると
女の優しさがお互いの平安をもたらすのです。

そうした女のことを覚えていられないほど間抜けな男は誰でしょう
そしてあとから女のことを悪《あ》し様《ざま》に言う男は
そんな態度に出る輩はまともな男ではありません
あれほど良くしてもらったことがわからないのですから。

63

夫婦の詩《うた》

神様　私の心から他人のものであるあのお方を消してください 1
あのお方は囚われの身であり　私もその魅力に囚われています。
私を虜にしているお方もまた別のひとに囚われているのです 3
私は二人によって囚われているのです　運命がそのように導きました
生きているうちは　一方の虜には　喜んでなりましょう
しかし　強いられないかぎりは　もう一方の虜になるのは絶対に嫌です。

＊17　原文は、逆接を表わす bana《しかし》。だが、ここは順接の《そして》の方が意味としては通りやすい。

他人の妻を愛してしまった者には
悦びよりも苦しみの方が遥かに大きいのです
めったに会えないばかりか　いつもおどおどしていなければなりません
そして思いがけない時にこそ　不幸な出来事が起こるものなのです。

他人の妻を愛するなど　まさに狂気の沙汰
一つの悦びに対してたくさんの苦痛
目で見ることはできても　話をすることができないところが辛いのです
あのお方がご主人に添い寝する時　私はため息をつくのみ。
私には危険を冒さずにあのお方のもとへ行くことはできません
しかもおそらくあのお方には自由になる時間がないでしょう
時間があったにせよ　ご主人が姿を現わすのではないかと恐れています
私があのお方を欲している時に　ご主人があのお方を抱きしめるのです。
もし私がその畑に種を蒔くことができても

藁と穀物が私のものであったとしても
どちらも私の手元に置くことはできないでしょう
仕事をしたのに感謝されず　しかも獲得したものは失われるのです
私の権利はご主人の手に渡り
おそらく後に息子と娘が結婚することになるでしょう。[*18]

こんな風に愛するひとを誰かと共有するなど　誰だって望みません
余人のことは知りませんが　私は罪を犯しているのです
あのお方がご主人と一緒にいるのを見る時　私の心は引き裂かれます
いちゃつく彼らを見て　私は辛く　そして怒りすら覚えるのです。
私は嫉妬が悪いことだとは決して言い切れません
私が愛するひとに　誰も触れてほしくないのです

＊18　ここでは、不義によって生まれた子どもには、意図しない近親相姦のリスクがあることが歌われている。

私は他人の妻にどこかで横恋慕してしまったのです
その男に嫉妬して　私は絶望していたのです。

愛を分別でもって統べることはできません 33
しばしばもっとも愛してはいけないひとを愛してしまうのです
その相手は　ぶどう酒よりもひどく悪酔いさせます
その虜となった者はただちに縛られ　そしてなかなか解放されません。

愛は盲目であり　そこに掟はありません 37
そのひとを愛する者は自分をおいてほかにいないと思い込むのです
炎よりもいっそう邪悪に男を焼き尽くすのです
大海の水をもってしても燃え始めた炎を消すことはできないのです。

密かに恋をする者

美しく気高いご婦人が私の心を盗んでいきました
あのお方のことを思うと　何も喉をとおりません
私があのお方を想うように　あのお方も私を想ってくれますように
あのお方が不快になるかもしれないと思うと　打ち明ける勇気も出ません。

私の想いをこっそり映して示すことのできる鏡があったなら
そしてその鏡であのお方の気持ちも覗き見ることができたなら
お互いの気持ちを知ることができるでしょうに
あのお方に対して少しも迷惑をかけずに。

私をひどく苦しめるために　あのような美しいひとが生まれたのです

夜といわず昼といわず　あのお方は手ひどく私を苦しめます
あのお方にお会いすることができたら　私の心は石のように固まってしまうでしょう
私のこの苦しみを告白するなど　ましてできるものではありません。

あのお方が私の気持ちを知ってくれたなら　きっと私を愛してくれることでしょう
私が王なら　あのお方は王妃なのです
あのお方がそう望むのなら　私たちは一緒になれるでしょう
あのお方の子どもたちと私の子どもたちは皆　兄弟姉妹となることでしょう。

もし私があのお方に私の心の内を明かしたなら
そしてその結果　拒絶されてしまったなら
それは矢よりもはやく私の心を射抜くでしょう
きっとその場で倒れて亡骸となってしまうことでしょう。

明けの明星[*19]は　星の中で群を抜いて素晴らしいものです
私を苦しめるあのお方も　女性の中では同じく群を抜いているのです

そのたぐいまれな美しさと気高さで　私を狂わせるのが　あのお方なのです
あのお方の腕に抱かれる者は　まことに幸運の星のもとに生まれたのです。
私の想いはまっすぐにあのお方のもとへ向かっているのですから
神があのお方の想いを私の方へ向けてくださいますように
私の苦悩があのお方の心の奥に入り込んでいきますように
私の欲するところが　どうかすんなりと叶いますように。

＊19　原文は artizar で《金星》の意。ギリシア・ローマ神話以来、ヨーロッパでは愛の女神が明けの明星に喩えられていることから、ここでは「明けの明星」と訳出。なお、堕天使ルシフェルも明けの明星に関連づけられることがある。

恋人たちの別れ

もし私があのお方のもとから去ることができたら　こんなに良いことはないでしょう 1
でも　私にはこれほど愛しているひとはほかにいないのです。

私には誰よりも何よりも愛しいひとがいます 3
私の魂と心はあのお方に釘付けになっています
私の目にはあのお方の美しい姿が焼き付けられています[*20]
あのお方のことを想うと　私の心は引き裂かれます。

私はあのお方に対してこんなにも深い愛を抱いています 7
一緒にいて飽きるということはあり得ません
あのお方から離れるなんて　私は悲しく枯れ果てていきます

再会できる時まで　ずっと鬱《ふさ》ぎ込むでしょう。

ああ　私の愛しいひとよ　どれだけ私を苦しめるのですか[＊21]
あなたと一緒になれないために　私の心はかきむしられます
あなたはきっと私を残酷に苦しめるために生まれたのですね
でもあなたが私のことを想ってくれるなら　このいっさいの苦悩も報われましょうに。

あなたとひと晩でいいからお話ししたいのです
それがまるまるひと月くらいの長さだとよいのですが
私の苦しい胸のうちをめいっぱい語る時間が欲しいのです

＊20　「焼き付けられています」の部分は、原文ではehoquiという語が用いられている。これに対する解釈は分かれるようである。ラフォンはegoki《適切な》のバリエーションであるとし、アスクエはその辞書 *Diccionario vasco-español-francés* (1905) ではehoki《持つ》としている。
＊21　ここから以下の詩節は恋人たちの会話と解される。行番号11から22までが男性の発話。行番号23から26までが、これに答える女性の発話。そして残り四行が、再び男性の発話。

何の不安もなくあなたとともにいるために。

今こそ私は賢人の言葉が理解できます
「誰も手中にあるものを手放してはいけない」のです
ああ　過ぎ去った時を取り戻すことができたなら
今これほどまでに苦悩せずにすんでいたでしょうに。

当時　私はあなたのせいで苦しんでいました
ところが今では　あなたがいないので私も変わりました
悲しまないでください　あなたには愛しいひとが現われますよ
あなたもそろそろ思慮分別を備えてくださいね。

おわかりですか　私もあなたと痛みを分かち合っているのですよ
そして　あなたの心変わりが私のせいだとはまったく思えません
あなたを愛して私が得たものといったら　苦痛だけなのです
私は永久にあなたのために苦しみ続けるでしょう。

妬み深い恋人

いつも悲しみに沈んでいるのはよくありません　わが愛しのひとよ
私はあなたのせいでいつも苦しんでいなければならないのですか。

私には素晴らしく気品にあふれた恋人がおりました
あのお方と一緒にいた時　私はまったく満たされていました
この先　あのお方以上に深く愛するひとが現われるとは思われません
あのお方に恋い焦がれて　死ぬこともできずに　私は今生きています。

誰かが私の愛しいひとを変えてしまったのです
私には理解できませんが　あのお方の態度はどこか変なのです
このところ　以前のようには私と話したがらないのです

何があのお方をかくも傲慢にしてしまったのか　私は尋ねなければなりません。

あのお方とは秘密裡に話さなければならないのです
その時　永久に敵となるか　さもなくば和解しあうか　決まるでしょう
もしうまくいかなければ　私は飲んで酔うしかないでしょう
私自身　あのお方にとって充分ふさわしい人間なのですよ。

愛するひとよ　私たち二人の間に誰が割り入ったのでしょうか
しばらく前からあなたは変わってしまったのです
私があなたに何か悪いことをした　そんな心当たりはありません
ともかくいちどどこかで二人だけで話をしましょう。

この私ほど愚かな者はどこにも見当たりません
私が誰かのせいで苦しんでいることなど　あのお方にはどうでも良いことなのです
私に分別があれば　私もあのお方なしにやっていけるでしょう
ところが　一瞬たりともあのお方を忘れて生きることはできないのです。

善良な皆様　私の心はいつも涙にくれています 23
可愛い恋人を失ったのではないかと不安になって
あのお方のことを考えずにはおれず　私は夜も眠れないのです
あのお方が私を騙しているのではないかと気が気ではないのです。

神よ　あのお方を私の心から遠ざけてください 27
そしてまた　あのお方の姿を私の目からも
あのお方は私に対してあまり誠実ではありません
私も今からあのお方なしに生活していきます
泥にまみれた秣桶《まぐさおけ》など　もはや私には無用の長物です
その気になれば　私は今からでも新しいひとを見つけることができましょう。

口づけを求めて[*22]

――奥方様　神のご加護がありますように　今や私たちは同じ立場です
私が王ならば　あなたは女王です
どうか口づけしてくださいませ　恐れることはありません
私はあなたのせいでこんなに苦しんでいるのですから　それくらいは許されましょう。

――さあ　そちらへお離れあそばせ　私を誰だとお思いですか
お前みたいな厚かましいひとを私が見たことがないとお思いですか
そんな意地の悪い言葉を私に投げつけるとは
ほかのお方におっしゃいませ　私はお前が思っているような女ではないことを。

――あなたが意地悪い女性だったなら　あなたに惹かれなかったでしょう

あなたがあなたであるからこそ　私はあなたのことで苦しんでいるのです
私は何も不謹慎なことを申し上げた覚えはありません
私に口づけをなさったところで　あなたの不名誉にはなりませんよ。
——お前の口づけは　別の何かを求めているのでしょう。
——奥方様　お察しがよろしいですな　私が言わずともおわかりとは。
——でしたら　そのことについては口をつぐんで　私にかまわないでください。
——あなたがこんなに意地悪いのであれば　私は別のことをすることにいたします。
私が生きているかぎり一日たりとも　あなたのことをあきらめはいたしません。
私が今望んでいることを　あなたがここで叶えてくださいませ。
——お前が戯れ言をおっしゃっているのではないと確信しますわ[*23]

＊22　この詩は、男女の対話形式による。各行の冒頭ないし行中の棒線は原文にないが、話し手が代わったことを表わしている。
＊23　行番号19、20、そして21の前半は、女性の独白。19行目は女性の発話だが、残りの部分だけが女性の独白とも解釈できる。

この男は今この場で私を辱めようというのでしょうか
私はどうすべきなのでしょう　叫ぶしかないのかしら。——少し黙りなさい。
エタイ　レロ　リバイ　レロ*24　口づけよ雨霰《あられ》と降りそそげ　ほかには何も要りません 22
奥方様　次はもっと優しい言葉をかけていただけませんか。

求愛[*25]

ありがたき幸せ　なんと喜ばしき出会い
私が欲していたものが今目の前にあるのです。
——私の最高の恋人よ　正しいことをしてください

＊24　原文の“Etay lelo rybay lelo”をそのままカナ表記した。lelo はバスク語で《ルフラン》の意味。ここの一連の表現は、勝ち誇った喜びを表わしていると思われる。類似の表現が、本書の最後の詩「サウトゥレラ」にも確認される。この詩では、女性に対してキスしたこと、あるいは確実にキスができそうな状況になったことに対する喜びを、「サウトゥレラ」においては、バスク語が印刷されて表に出たことに対する喜びを、それぞれ表現していると考えられる。
＊25　この詩もまた、男女の対話形式による。最初の二行は、男性の独白。行の冒頭の棒線は原文にないが、話し手が代わったことを表わしている。

持ち去ったものを返してください　さもなくば代価を払ってください。
――私の知るかぎり　あなたのものなど何も持っておりませんわ
私に恥をかかせましたね　なぜだかわかりませんけれど。
――怖がらなくてもよいのですよ　何も危険なことはないのですから
私たちの裁判では　あなた以外に裁判官はいないのですよ。
――私は危険に陥るような悪いことは何もしておりませんし
また裁判を必要とするようないわれもございません。
――それでは　愛しいひとよ　真実をお教えしましょう
あなたは私の心を盗みましたね　私の心は私自身のものだというのに。
――私は泥棒ではありません　盗みを働こうと思ったこともありません
お願いです　何もしていないのに　今ここで私の名誉を穢さないでください。

——私にとってあなたは泥棒ですよ　それも大泥棒です
私にとって必要なものを　あなたは持って行ってしまったのです。
——私は賢くありませんから　はっきりとおっしゃってください
言いたいことを理解してもらいたいのであれば。
——男がもっとも愛するもの　そしてもっとも大切に思うもの
それは　心の平穏を保ち　ぐっすりと眠ることです。
今の私は心が平穏でなく　よく眠れないのです
これら二つを私は失ったのです　愛しいひとよ　あなたのせいで。
よく考えてみてください　あなたは私から非情にも盗んだのです
あなたは私に大きな借りがありますから　どうか良きに計らってください。

——あなたが失くしたからといって　なぜそれが私の罪になるのですか
私に心当たりのあるどの場所からも　何も私の手元には届いていませんよ。
——あなたが思いにふけっていたあの日以来
私はこんなにもあなたとの恋に落ちてしまい　いまとても苦しいのです。
——そんなふうにおっしゃるのは簡単　あなたは狂おしく浮かれる術をもご存じです
あなたがおっしゃる苦しみは　どうやら大きなもののようですね。
——あまりに大きな苦しみですので　あなたにお話しすることができません
あなたが真実を知れば　私のことを哀れまずにいられないでしょう。
——大きな苦しみであっても　お医者さまが大勢いますわ
あなたはすぐに治りますよ　お肌も無傷ですよ。
——私の肉体が傷ついたのであれば　地元の医者がいます

でも私の深い痛みは　この世ではあなたにしか治せないのですよ。
あなたの麗しいお姿と　優しいものごしは
鋭い矢よりも痛烈に私を射抜いたのです。
あなたは私の心に傷をつけ　私を虜としたのです
愛でもって私を受け入れてください　私のものはあなたのもの。
夢にもうつつにも　私はあなたのせいで苦しみの中
善いお言葉をかけてください　私が死なずにすむように　心からのお願いです。
——あなたはこれ以上何を求めていらっしゃるのですか
この土地には私のような者がほかに大勢いるではありませんか。
——ほかの誰よりも　私はあなたを愛しているのです
あなたの愛と引き換えに　この世を捨ててもかまいません。

真実を申し上げるなら　私は深く悲嘆にくれています
お願いです　愛しいひとよ　二人でこっそり語らいましょう。

47

恋人たちの諍《いさか》い＊26

——愛しいひとよ　そちらへ行かせてください
今お互いのもとから離れてしまうのは残念です。

——愛しいお方　お願いですから別れましょう
世間が私たちのことを非難の目で見始めていますわ
恥をかかないよう　そっとしておきましょう
世間の物笑いとならないように。

——おお　愛しいひとよ　何という私のこの落胆

＊26　この詩もまた、男女の対話形式による。

あなたと一緒にいて私は飽くことがないのです
生き別れになるのは　たいそう辛いことです
あなたはこんなにすぐに私を捨てたいのですか。

——そういう私もあなたを愛していることは確かですわ
愛がなくなったから離れるというのではありません
そうではなくて私は神が怖いのです
私たちはすでにたくさんの罪を犯しているのですから。

——愛しいひとよ　私たちはまだ若いのです
神のことを思い出す機会はこれからもあるでしょう
今はそれよりも私たちはお互いが必要なのです
今お互いに別れるのは辛いことです。

——罪を犯したまままもし私たちが死んだなら
私の魂は断罪されるでしょう

もうこの先　私に幻想を抱かないでください
私を試さないでくださいな。

——私はこういう信念を心に抱いています
私があなたを愛しているということを
神も喜んでおられ
そのことで私たちを非難なさらないでしょうと。

——そんなふうにおべっかをお使いあそばせ
そうして私の頭をおかしくするつもりでしょう
お願いですから　放っておいてくださいな
あなたに私の気持ちなどおわかりではないのですよ。

——なぜそのような言葉を発せられるのですか
あなたはいつも恐ろしく意地っ張りですね
まず私の心を奪い

次に私の肉体を摑み取ったのですよ。

35 ――私にそんな言葉を返してよこすのですね
お黙りになっていただきたいものですわ
私たちの家で気づかれたら
私たちは永遠に終わりですから。

39 ――世間がいつも私たちのことを見ていますか
私は内緒であなたのもとへ来たのですよ
あなた自身わかっているでしょう　もう頃合いだと
あなたが私を訪ねるのも大したことではないのですよ。

43 ――水差しは使い込まれてついには壊れるのです
あなたは私を辱めるばかりでしょう
お願いですから　私を放っておいてくださいな
私といても　あなたにとって楽しいことはありませんから。

47 ――愛しいひとよ　本当のことを申し上げているのです
あなたは私の命のよりどころなのです
この国を全部いただくよりも
私はあなたと会うことをいっそう望みます。

51 ――そんなふうにおべっかを使うのをおやめください
口をつぐんでいただきたいものですわ
神のことを思い出す時が来たのですよ
私のことにかまわず　ほかのお方をおつかまえなさい。

55 ――あなたは神を恐れているのですか
そのために私を捨てようというのですか
私がここから姿を消し去る前に
あなたは私の望みを叶えるべきです。

——今　ここで力ずくで私をわがものになさりたいのですか
今は　お願いですから　おやめください
また別の機会に私の方から伺いますわ
その時　あなたのそのお望みを叶えればよろしいわ。
59

——昔からこんな風に言うではありませんか
手中にあるものを放っておくと
望む時には手中にないものだと
能書きはもうたくさんだ　さあ　ことに及びましょうぞ。
63

——あなたは今や望みを果たしたのですよね
あなたは私を辱めたのですから
私は私自身の運命を呪います
今日あなたの家へ来てしまったのですから。
67

——愛するひとよ　お願いですから　絶望しないでください
71

こちらにお顔を向けてくださいな
あなたは私の中に友を見いだすでしょう
私だってできの悪い亭主くらいにはなれますよ。

凶運とともに立ち去りなさい[*27]

今私たちは新たに誰かを征服しなければならないのでしょうか
祝言を挙げたあとに　大勢の客を招くのでしょうか
あなたはそれほど立派なご婦人ではありません
あなたに見合ったことを私からすぐにも実行しますぞ。[*28]

1

かたくなな恋人の仕打ち

私の眼はある美しく気品あふれるご婦人に釘づけとなりました　1
国中をみても　あらゆる点であのお方に比するひとはいません
私は請いました　あのお方に愛していただける希望があるかどうか

＊27　ラフォン自身、この四行詩は、直前の「恋人たちの諍い」の一部もしくは続きではないかとの留保を付けている（Lafon 1951, 前掲論文）。この留保は、その後ハリチェラル（Haritschelhar 2011, *"Amorosen disputa"*）などによって支持されている。その場合、表題の「凶運とともに立ち去りなさい」は、「恋人たちの諍い」行番号72の男性の発言「こちらにお顔を向けてくださいな」に対する、女性の返答ということになる。韻律も合致している。そして、この表題に続く四行は、欲望に任せて女性を「征服」した男性の発言と理解されるが、当の男性は、自分が凌辱した女性に対する幻滅を吐露し、その女性にとって不名誉なことを行うぞと強弁していることになる。
＊28　ここは、「実行する」ではなく「話す」とする解釈もある（Lafon 前掲論文）。その場合、女性の不名誉を暴露しますぞ、という脅しに近い男性の開き直りが見て取れる。

忌憚の無い返事をくださるようにと。
あのお方はすぐに返事をくれました。[*29]
――礼儀上　私はあなたをたしかに尊重いたしますが
それ以上を私にお望みになられても無駄ですから　予《あらかじ》め申し上げておきます
私は愚かな若い女ですから　あなたにふさわしくはないのです。
――あなたはお若いのにしっかりした方ですね
どうか私のあなたに対する苦しみを癒してください
私に生きていてほしいなら　どうか私をあなたのものにしてください[*30]
あなたのせいで私が死ねば　あなたにとって大変な重荷になるでしょう。
――ひとの名誉を穢して喜ぶなど　悪趣味です
私にそのようなことをおっしゃるなんて
悪意のある行いが非礼であることをご存じですよね
私は愚かで　あなたは賢く　私はあなたのおっしゃることがわかりません。

――あなたが望むなら　このことは内密にしておきましょう
私たちの間のことは誰にも知られないでしょう
どうか　あなたとこっそりお話しさせてください
私と話したからといって　あなたには何の害もありませんよ。
――何か後ろめたいことをすると　たちどころに知れわたるものなのですよ
私の不品行のせいで私の身内が恥をかくことになるのです
あなたと私は一緒になってもうまくいかないでしょう
さあ　もう黙って立ち去りなさい　それに越したことはないですよ。
――今のそのあなたの言葉が私の心を引き裂きました

＊29　次の行番号6から44まで、男女交互の対話が続く。
＊30　「私があなたのものになる（現在形）」とは、破ることのできない結婚の誓いを、未来形の場合は、破ることの困難な結婚の誓いを、それぞれ意味していた。

あなたゆえの私の苦しみはこれほどまでに大きいのです
あなたがこの痛みを癒してくれなければ
私の魂は　まごうことなく　外へ出て行ってしまうでしょう。

——魂が出て行くのはたいそうな苦痛でしょうね
でも今のあなたの苦しみくらいでは　魂は出て行きませんよ
いい加減に　そのような無駄口はおやめくださいな
あなたは決して報われないでしょう　その点は信じてください。
——あなたとわかり合えないのなら　私はどうやって生きていきましょう
私の心も魂も　あなたとともにあるのですから
心と魂を失くしては生きていける者などありませぬ
あなたと私は幸せにやって行けると思うのですが。
——まったく　あなたのしつこいことといったら　尋常じゃありませんわ
誓って申し上げますが　お願いですからお黙りください

手短に申し上げますので　現実を聞き入れてください
私は断じてあなたのものにはなりません。

——そうなることを私はもっとも恐れていたのです
女のひとが求愛する者に報いてくれないのであれば
求愛者は皆　敗者ですよ　その筆頭がこの私というわけです
私があなたを愛しているということを　悪くとらないでいただきたいのです。

今日まで私ほど不幸な者がいたでしょうか[*31]
私の恋いこがれるお方は私を愛してはくれない　そして私はそんなお方を憎めない
私は自覚しております　まるで望みのない相手を追いかけていると
ではなぜ　望みのない相手を私は愛するのでしょうか。

神よ　どうか私の心を変えてください

*31　この行から残りの部分は、再び「私」の独白。

あの愛しいひとと同じく　私があのお方のことを気にかけないように
たとえ力づくであっても　何とかうまくやることもできるでしょう
かくなる私も　望みのない女のひとをあきらめましょう。

私は女につれなくされて死んでしまうような　そんな先例にはなりません
女という女　すべてをあきらめるのが最善の方法でしょう
女たちと一緒では私は悔い改められず　結果私の魂は滅びるほかないでしょう。
たった一人の女のせいで　私はやがてすべての女を否定することになりましょう。

53

ベルナト・エチェパレ殿の歌[*32]

ベルナト・エチェパレ殿　事のなりゆきを知ってさえいたら 1
お前はベアルン[*33]に出向かずに済んだことでしょう。

起こるべくして起こる出来事を避ける術《すべ》はありませぬ 3
私は不正を行っていません　ただ良いことをしただけです
私には関係のない場所から不正が私を襲ってきたのです[*34]

＊32　原文では kantuiya《歌》だが、メロディーを伴った歌曲はない。実質的には《詩》と同じ。
＊33　低ナバラの東に隣接する地域。今日のフランスのピレネー・アトランティック県の東半分。中心都市はポー。
＊34　「私には関係のない場所から」は原文では vide eznuyen leqhutic であるが、「私が行く必要のない場所」「正当でない場所」との解釈もある。

明らかに無実なのに　不当にも私は国王[*35]に売られたのです。

国王が　すぐに参上するようにと私に命じられました
お怒りでいらっしゃると聞き及んだのですが　私は無実なのです
私を陥れようとする者たちに権謀術数を行わせないためにも
無実だからこそ　私は逃げずに　国王のところへおもむいたのです。

もし出頭していなければ　私は罪人だと見なされたことでしょう
そして私に対する虚偽の誹謗が永遠に信じられてしまったことでしょう
裁判の場で私の言い分を聴いてくれていたら　私は即座に解放されたことでしょう
しかしそうはならず　私は出頭したことを後悔し始めました。

他人の悪事を見て　わが身を正すのは　たいへん思慮深いことです
敵対者を有するひとは皆　私のこの経験から学んでほしいのです
優位に立っているうちは　それを確実に維持してほしいのです
いつだって　悪事に巻き込まれないに越したことはないのです。

哀れにも私はみずから敵の手中に落ちたのです
私が正しくやったことも　今となってはすべて悪くとられたのです
敵の手中にさえいなければ　正義が私の味方をしてくれたことでしょう
ところが今では　仮に私が奇跡を起こしたとしても　断罪されてしまうでしょう。

嘘の証言に対しては身を守る術などありません
そうして神さえも死罪に追いやられたのです
私たちはそもそも原罪を持つ者であり
理不尽に断罪されても驚くには値しません
耐え忍びましょう　そうすれば神は私たちを救ってくれます
悪事をはたらく者には神が制裁を加えてくださるでしょう。

神よ　あなたこそが真の審判者であられます

＊35　この詩が事実に基づくものだとすれば、この国王は、ナバラ国王のアンリ二世だと思われる。

あなたの法廷では　大なる者も小なる者も等しいのです
何者かが私に大きな悪事をはたらいた
しかし　その者たちをお赦しになり　そして私に真実を示してくださいますように。

神よ　どうか私を敵の鉤爪からお守りくださいますように
私には見えるのです　私の敵が私の窮状を見て喜んでいるのが
彼らがあなたの手によって罰せられるところが見られますように
彼らが思い込みで私をあざ笑うことがありませんように。

神よ　私はあなたに対して罪を犯してきましたが
お願いです　今ここでそのことで私を罰しないでください
私の知るかぎり　国王に対して私は何も悪いことをしていないのです
なぜこれほど長い間ここに囚われていなければならないのですか。

あなたに対して罪を犯した咎で私を罰したいのなら
国王や誰も彼もが私に刃を向けることをお望みなら

私はあなたのその思し召しを心から賞賛いたしましょう
そして彼らが与えたこの苦しみにじっと耐えてみせましょう
ここで苦難の中にあっても　私の魂は救われるでしょう
彼らに何が見合っているかを　あなたに見ていただきたいのです。

47 あらゆる苦しみはすべて神の思し召しであり
神はそれらすべてを最善のことと引き換えの試練として容認しておられるのです
おそらくこの苦境になければ　私は今頃はもう死んでいたことでしょう
敵は私が終わったと思っていますが　じつはむしろ彼らは私を利しているのです。

51 彼らの何人かは死んでしまいましたが　その一方で私はまだ生きています
名誉を回復して釈放され　良くやったと思っています
善も悪も　同じところから出てくるものなのです
悪を見たことがないひとは　善が何であるかもわからないのです。

55 善を行い　悪に耐えることによって　私たち自身を救わねばなりません

私は悲哀や苦難を味わったことがありませんでした
今私にはわかります　神は私の地獄行きをお望みではないと
今この世で私に試練を与えることをお考えなのですから
純金は火でもって充分に精錬しなければならないのです。

私が神の望まない存在であるならば　神は私を罰しないでしょう
父親は　子を愛すればこそ厳しく接するものです
良い穀粒は　貯える前にきれいにしておかねばなりません
神は私に対してもおそらくそのように扱ってくださったのでしょう。

ベルナトさん　考えてもごらんなさい　この牢獄がひどいところならば
地獄なんぞはもっとはるかにひどいところだろうと
ここではお前を慰めてくれるひとがいますが　彼らにはいないのです
ここではお前の苦悩はやがて終わりますが　彼らの苦悩は決して終わらないのです。

ここでは牢獄から出たいという欲求のほか　お前には何の苦しみもありません

あそこにいる彼らは永遠に業火の中で大きな苦しみを受け続けるのです
それは恐ろしい　比類のない　途絶えることのない苦しみなのです
そのことを肝に銘じておきなさい　そうすれば耐えることができますよ。

お前は他者を諭してこられましたが　今度はご自身を諭しなさい
この苦悩を思い出しましたら　あちらでの苦しみを考えなさい
この世で苦しむことによって　あの世で苦しまずにすむのなら
それはここでの時間が無駄ではなかったということなのです。

お前と同じ立場のひとがいたら　お前はそのひとを諭すことでしょう
さあ　今度は反対にみずからを諭す時が来たのです
お前が蠟燭のようになりませんように
蠟燭はほかのひとたちを灯しながら　みずからを燃やし尽くすものですから。[*36]

＊36　ここで「蠟燭」と訳した語は、quirysayluya。一種の「ランプ」を意味するが、「ろうそく（の芯）」との解釈もあり得る。

もしお前が不当な仕打ちを受けたならば
その審判はすべて神にまかせなさい
神はそれぞれにふさわしい処遇を与えるでしょう
悪きをなした者には大きな苦痛を　耐え抜いた者には栄光を。

邪悪な輩《やから》に罰がくだるようにと望んで
その妬みのために自分自身を貶めてはいけません
お前は神に対して不正をはたらくことになるからです
神を絞首人とし　お前自身を審判としていることになるのですから。

お前が敵を断罪すれば
それはお前自身への断罪でもあるのです
そこには言い訳できる余地はありません
何らの罪も犯していないひとがいるなら　是非ここへ連れて来てください。

神よ　今私には憂うべきことがたくさんあります
この都市の人びとは人間の手によって殺されています
無実の男が獄死せずに済みますように
どうか五体満足で出られるようにお許らいください
罪を犯してあそこで命を落としたのさと
敵が背後から私を嘲笑うことのないように。

自由とは　なるほど　物事の中でも最良のものです
牢獄に囚われていることは苦痛の中でも最悪のものです
もう誰も私みたいにだまされませんように
そして　言葉をそのまま盲信しませんように
神よ　私に対しても正義をお守りくださいますように。
アーメン。

コントラパス[*37]

バスク語よ　おもてへ出でよ[*38]
ガラシのくにが[*39]
どうか祝福されんことを
バスク語が必要としている
地位[*40]を与えたのだから。
バスク語よ
広場に出でよ。
ほかの誰もが思っていた

バスク語で書くことなどできないと
しかし今や証明された
彼らが間違っていたことが。

バスク語よ
世界に出でよ。

数ある言葉の中でもお前はこれまで

＊37　外来の舞踏の名称。
＊38　原典では一行にまとめられているが、この詩の後続部を見ればわかるように、本来は二行に分けて書き綴られるべきところ。この詩全体を一ページに収めようとして、一行にまとめたのだろうか（口絵5参照）。
＊39　フランス語でシーズ Cize。ドニバネ・ガラシ周辺区域。地図と萩尾の解説を参照のこと。
＊40　原語は thornuya。オーレリ・アルコチャは、《地位》ではなく、《順番》と解釈する（Arcocha-Scarcia, Aurélie, 1996, "*Linguae Vasconum Primitiae*-ren peritestualitateaz eta euskararen gramatizazioaren primiziaz"）。その場合、ラテン語以外の「俗語」が印刷されることで流布されていったが、ようやくバスク語の順番が回ってきたことを含意する。

少しも重視されてこなかった
しかし今こそお前は
まったき栄誉を必要としている。

18 バスク語よ
全世界を闊歩せよ。

20 バスク語以外のあらゆる言語が
バスク語よりも高位に君臨していた
今こそバスク語が
あらゆる言語の上に君臨するだろう。

24 バスク語よ。

25 バスク人皆がバスク語を尊重している
バスク語ができないとしても

今から皆が学ぶことになるだろう
バスク語が何たる言語であるかを。

バスク語よ。

これまでお前は
印刷されたことがなかったが
今からお前は
全世界を闊歩することだろう。

バスク語よ。

フランス語であれそのほかの言語であれ
今では見出せないだろう
バスク語に肩を並べるような
いかなる言語も。

バスク語よ
踊りに出でよ。

39

サウトゥレラ[*41]

バスク語はおもてに出た　さあ皆　踊りにいこう。 1
ああ　バスク語よ　ガラシのくにを誉め讃えよ 2
なぜならあそこからお前が必要とする地位が与えられたのだから
これまでは　お前は言語の中でも最後列に位置していた
しかし今では　お前はすべての言語の中の最前列にいる。
バスク人は世界でも尊敬されてきた 6
しかし彼らの言語はバスク人以外の皆に蔑まれてきた

＊41　イタリア発祥と言われるダンス「サルタレッロ Saltarello」のこと。

それは　どこにも印刷されたことがなかったせいだ
今　バスク語がどんなに素晴らしい言語か　知れ渡ることだろう。

バスク人たる者は皆　頭《こうべ》をあげよ
自分たちの言語が花と咲く日が来たのだから
王族や貴人方も皆　バスク語について尋ねることだろう
書くことができるなら学びたいと思うことだろう。

ガラシに生まれた者[*42]がそうした願いを叶えたのだ
そしてまた今はボルドーに住むその友[*43]が
バスク語を最初に印刷したのは　まさにそのお方なのだ
今　バスク人は皆　彼に恩があるのだ。

エタイ　レロリ　バイレロ　レロア　サライ　レロア[*44]
バスク語はおもてに出た　さあ皆　踊りにいこう。

初めはつつましきひ弱な存在であっても
それがいずれ　より大きな幸せを得んことを。[*45]

＊42　エチェパレ自身を指す。
＊43　エチェパレの庇護者であったベルナール・レヘテを指す。
＊44　原文で“Etay lelori bailelo leloa çaray leloa”。「口づけを求めて」の註24を参照のこと。
＊45　本書を総括するラテン語で書かれたエピグラフである。詳細は萩尾の解説を参照のこと。

高等法院記録簿冊からの抜粋

当地ボルドー市の印刷職工親方フランソワ・モルパンは、以下のとおり謹んで嘆願する。『バスク初文集』という表題の小冊を印刷するために多額の経費を要し、支払わねばならなかったことから、高等法院に対して、次のことを要求するものである。すなわち、当該高等法院の所轄区域においては、ほかのいかなる書籍出版人に対しても、件《くだん》の本を印刷出版したり、第三者に印刷させたりすることを禁じ、いかなる小売業者に対しても、この本の異本を売ることを向こう三年間禁じ、違反した場合には千トゥール・リーヴルの罰金が科されるよう、公正な措置を取っていただきたいということである。この請願に鑑み、高等法院は、件のモルパンが要求する禁止事項を、千トゥール・リーヴルの罰金のもとに、認めるものである。一五四五年の四月の晦日に、ボルドー高等法院にて裁可。

校合了
ド・ポンタック[*46]

＊46　ボルドー高等法院の書記官。詳細は萩尾の解説を参照のこと。

エチェパレ断想——解説にかえて

萩尾 生

はじめに

一四世紀のイタリアに芽ばえ、一五世紀に当地で開花したルネサンスの潮流は、一六世紀初頭になると、西ヨーロッパの辺境の地であったピレネー山脈の西端部、現在のフランスとスペインの国境地帯にまで到達しつつあった。その辺境地帯は、今日「バスク地方」の呼称で広く世に知られる。しかし当時は、バスク人の居住地域を総称する「バスク地方」という概念が、必ずしも確立していなかった。それどころか、九世紀の早い時期からバスク人の民族国家に近い形で当地に君臨してきたナバラ王国[*1]は、ルネサンスの息吹が感じられてきたまさにこの一六世紀前半に、南のカスティーリャ王国、アラゴン王国と北のフランス王国の狭間にあって、度重なる戦乱の結果、領土を分断・縮小されてしまうのであった。そもそも、盛期ルネサンスと言われる一六世紀初めの西ヨーロッパは、文藝復興の気運が熟しただけでなく、とくにイタリアの権益を巡って、今日のドイツ、スペイン、フランス、イギリス各国が喧しく戦に明け暮れた時代でもあった。さらに、そこに轟然たる地響きをあげて押し寄せんとしていたのが、宗教改革とそれに続く宗教戦争の地殻変動であった。

このように大きく揺れ動く時代の風を受けてか受けずしてか、一人のバスク人司祭の手によって、『バスク初文集』なる詩集が、バスクの土地から北に二〇〇キロメートルほど離れたボルドーの印刷工房を通して、一五四五年に出版された。バスク語で書き綴られたこの小冊は、フランス文学史にもスペイン文学史にも顔を出すことなく、[*2] バスク人の間でさえ、二〇世紀になるまでほとんど忘れ去られていた。ところが、奇跡的に一冊のみがパリのフランス国立図書館に保管されてきたおかげで、今日の私たちは、この詩集を目にする幸運に与っている。

この小品を読まれた現代の読者は、その慎ましやかな公刊の有り様とは裏腹に、著者の強烈な自意識と確固たる自信に、まずは圧倒されるにちがいない。著者のベルナト・エチェパレは、バスク語による印刷出版を敢行した最初の人間であることの自負を滔々と歌い、「バスク語よ、世界に出でよ」と、バスク語を高らかに誉め讃え、かつまた鼓舞したのである。こうした著者の姿勢に、ルネサンスの人文主義者の一典型を見出すことは可能かもしれない。だが、詩集全体がこのようなトーンで一貫しているわけではないから、そこは注意が必要である。

じつは、『バスク初文集』に収められた個々の作品の解釈や詩集成立の背景を理解するのに有益な史資料は、文献学者や歴史学者の懸命なる探索にもかかわらず、現在までのところ、ほとんどが憶測の域を出ない性格のものでしかない。そうした状況に鑑みて、ここで訳者が目指すのは、このたび日本で初めて全文訳出される『バスク初文集』にどのように向き合えばよいか、その取りかかり口へ読者を無理強いせずに誘うことである。無謀な挑戦だと十分に心得たうえでのことだが、過去一世紀にわたる主だった研究業績を参照して咀嚼しながら、その目標に少しでも近づく案内役ができればと願う次第である。とはいえ、なにぶん不明な事象が多く、訳者の印象、想像はたまた推測を交えざるを得ないことしきりであった。よって、解説という看板を掲げるのはおこがましく、かりそめに「エチェパレ断想」と表題をつけたわけである。

『バスク初文集』をめぐる人物——作者・庇護者・印刷工・官史

『バスク初文集』の刊行には、少なくとも四名の人物が関わっている。作者のベルナト・エ

＊1　ナバラという地名の表記法は、まちまちである。強いて単純化するならば、バスク語でナファロア Nafarroa、スペイン語でナバーラ Navarra、フランス語でナヴァール Navarre と表記されることが多い。ところが、エチェパレがその生涯の後半を生きた低ナファロアは、往々にしてナバラ Nabarra と表記されていた。混乱を招かないためにも、この解説文では、便宜上、とくに断りのないかぎり、日本で比較的知られているカタカナ表記の「ナバラ」に表記を統一する。
＊2　バスク文学史という概念が生まれたのは、一九六〇年代頃のことである。

チェパレ、ボルドー高等法院の検察官にしてエチェパレの庇護者でもあったベルナール・レヘテ Bernard Lehete[*3]、印刷工親方のフランソワ・モルパン François Morpain、そしてボルドー高等法院の書記官ジャン・ド・ポンタック Jean de Pontac の四人である。

著者エチェパレの名前は、『バスク初文集』の中で三種類の表記が確認される。一つめは、タイトルページにラテン語で記されたベルナルド・デチェパレ Bernard[um] Dechepare（表記①）。二つめは、作品冒頭のバスク語で書かれた序文の中に確認されるベルナール・エチェパレ bernard echepare[coac]（表記②）。そして最後が、同じくバスク語で綴られた自伝的内容の詩の題目に挿入されたベルナト・エチャパレ Bernat echapare[re]（表記③）である。

まず表記①は、フランス語式に綴れば、ベルナール・デチェパレ Bernard d'Echepare となり、《エチェパレ家のベルナール》を意味する。ここで d'（= de）は、高貴な身分の出自を指す小辞である。次に表記②は、フランス語風綴りの名ベルナール bernard と、バスク語風綴りの姓エチェパレ echepare が組み合わさっている。エチェパレコア echeparecoa とは、語末の -co が《〜家の》を意味する語末要素、-a が単数限定詞であるから、《エチェパレ家の者》という意味になる。また、エチェパレコアク echeparecoac の語末の -c は、いわゆる他動詞文の主語に現われる能格単数形を表わす語末要素で、今日の表記では -k である。よって、ベルナール・エチェパレコア bernard echeparecoa は、表記①の事例と同じように、《エチェパレ家の者ベルナール》を含意する。そして最後の表記③では、フランス語風のベルナール Bernard がバスク語風のベルナト Bernat となっている。エチャパレ echapare は、エチェパレ echepare と同じとみなしてよい。エチャパレレ echaparere の語末の -re は、所有属格 -ren のことである。
このように、『バスク初文集』の著者名はさまざまに綴られている。そして現在でも、いろいろな立場や考え方に基づき、表記法が統一されていない。さしあたり本書では、今日のバスク語正書法に準じて、ベルナト・エチェパレ Bernat Etxepare とカタカナ表記している。姓については、今日の慣例にならい、《～家の者》という出自を表わす語末要素を取り除いたうえで、単にエチェパレ Etxepare と表記した。その一方で、名については、フランス語のベルナール Bernard に対応するバスク語表記ベルナト Bernat、ベルナルド Bernardo、ベニャト Beñat など少なくとも計六つの中から、エチェパレ本人がバスク語で綴ったベルナト Bernat を採用した次第である。
姓のエチェパレ Etxepare の意味は、まず、エチェ Etxe が《家》を表わす。次に -pare は、一般には《組》や《対《つい》》を意味する。しかし、エチェパレの場合は、エチェコパレ Etxekopare[*4]

＊3　フランス語ではベルナール・レエ Bernard Lehet。ここでは、原典の綴りに準じた。
＊4　kopa が《頂、先頭》を意味すると解釈する。ここから、Etxekopare は《家の頂》すなわち《高貴な家》を意味することになる。

ないしエチェガパレ Etxegapare[*5] から派生したと言われており、《高位の家》を意味していたらしい［文献39、46］。

エチェパレの生涯については、わずかしか知られていない。『バスク初文集』のタイトルページには、「エイヘララレの主任司祭ベルナト・エチェパレ氏による」作品であることが明記されている。エイヘララレとは、現フランスのピレネー・アトランティック県西部にあるバスク地方の低ナバラ（バス・ナヴァール）地域に位置する小村である（七ページ地図）。フランス語ではサン・ミシェル・ル・ヴューと呼ばれてきたが、今日では単にサン・ミシェルと称される。サンティアゴ・デ・コンポステラ巡礼路の宿場町として名高いドニバネ・ガラシ（フランス語でサン・ジャン・ピエ・ド・ポール）の南東に隣接し、その近郊一帯は「ガラシ Garazi（フランス語でシーズ Cize）のくに」と呼ばれている。

一六世紀前半の文書の中には、エチェパレの実在を証拠づける史料が若干残っている。そこからほぼ確実に言えることは、次の四つである。第一に、一五一一年にエイヘララレ村の主任司祭に任命された。第二に、一五一八年に、カスティーリャ王国のゴンサロ・ピサロ将軍に対して宣誓を行った。第三に、カスティーリャ軍の承認下にドニバネ・ガラシの代理司教に任命された。これは日付不明だが、関係する聖職者の氏名から、一五二〇年前後のことと推定されている。そして第四に、一五三三年に、エイヘララレ村の主任司祭としてバイオナ（フランス語でバイヨンヌ）司教区会議の文書に署名した。このように、少なくとも一五一一年から三三年の間、エチェパレが聖職者として実在していたことは間違いない。このほか、一五五九年のドニバネ・ガラシの文書に「マエストレ maestre」の尊称を冠したエチェパレの名前が引き合いに出されていることから、『バスク初文集』の著者がこの時代まで存命していたとする説がある。しかし、これを疑問視する向きも根強い［文献23、33、57］。

当時の教会の規律によれば、聖職者の職務に就くことができる年齢は二五歳以上であった［文献23］。従って、エチェパレの生年は、エイヘラレ村の主任司祭に任命された一五一一年より二五年前、すなわち一四八六年よりも以前のことと考えられる。一四七〇年から一四八〇年代半ば頃とするのが、一般的な仮説である。家系研究者によれば、この頃エイヘラレ村近辺でエチェ（ガ）パレの姓を冠していた世帯が、複数確認されるという。根拠は今ひとつはっきりしないが、家柄の高さから判断して、ドニバネ・ガラシの東に隣接するドゥスナリツェ＝サラスケタ Duzunaritze-Sarrasketa（フランス語でビュシュナリ＝サラスケット Bussunarits-Sarasquette）村の生まれ、というのが通説である。[*6] 同村の役場によると、彼の生家と見なされ

＊5　gapare は、paregabe＝pare《類、対》＋gabe《〜のない》だと解釈される。その場合、Etxegapare は《比類のない（ほど身分の高い）家》と解される。
＊6　一五〇五年に Ahaxe 村で行われた結婚式の証人として Sarasquette 村のベルナール・デチェパレの名前が記録されている。この通説に従えば、この人物を『バスク初文集』のエチェパレと同一視することができよう。

図1：エチェパレの生家と目されている家屋。現在は民家として利用されている。［萩尾撮影］

ている家屋が今日まで残っている（図1）。以上が、エチェパレの生涯について現時点でわかっていることである。

エチェパレは、聖職者として良き評判を得ていたことが、先述の史料から窺い知れる。また、『バスク初文集』という文学作品を残していることから、それなりの学業を積んできたにちがいない。だが、ナバラ王国の首都であったイルニャ（スペイン語でパンプローナ）をはじめ、ナヴァール（ナバラのフランス語読み）学寮を抱えて多くのナバラ出身者が通っていたパリのソルボンヌ、さらにトゥールーズやボルドー、サラマンカなどの大学やコレージュに、エチェパレの足跡は確認されていない。このほか、投獄されたことを歌った自伝的な詩が『バスク初文集』に含まれているが、これについては後述する。

さて、『バスク初文集』の出版を後援したのが、ベルナール・レヘテ（?~一五六二年）であった。そのことは、作品冒頭でエチェパレがレヘテに対して寄せた献辞と、作品最後の詩「サウトゥレラ」から読み取れる。レヘテは、現フランス領バスク地方サラ村の名家の出で、一五二四年から二九年までギュイエンヌ地方[*7]の弁護士を務めた後、その死の直前までの三〇余年をボルドー高等法院次席検事として職責を全うした高級司法官であった。もっとも、その肩書きとは別に、彼は学芸に対する幅広い興味を抱いていたようである。というのも、みずから一種の文芸サロンを主催していたらしいことが、同時代の詩人ユストルグ・ド・ボーリュー Eustorg de Beaulieu（一四九五～一五五二年）がレヘテに捧げた詩句よりわかっているからである［文献56］。

ボルドーは、後にモンテーニュが通うことになるコレージュ・ド・ギュイエンヌが創設された一五三三年前後より、人文主義者の活発な活動をみた都市であった。しかし、そのような時代的潮流にあって、どういう経緯でエチェパレとレヘテが知り合い、さらにレヘテの援助を受けて『バスク初文集』の出版に至ったのかは不明である。レヘテがエチェパレと同じくバスク地方出身のバスク語の話し手であったから、というだけでは、両者の接点は説明がつかないだろう。

一方、レヘテが『バスク初文集』の刊行を支援するにあたり、生活の居を置いていたボルドーの印刷業者に頼るのは自然な成り行きだったと思われる。バスク語を理解できそうなバスク地方の印刷工房を探そうにも、一五四〇年代のバスク地方に、固定した作業場を備える印刷工

＊7　旧体制下フランス南西部の地方。今日のフランスのアキテーヌ地域圏一帯。

房は存在しなかった。[*8] ボルドーの印刷工親方フランソワ・モルパン（?〜一五六三年）は、ジャン・ギュイヤール Jean Guyart 印刷工親方のもとに一五二一年に見習いとして仕え、四二年に彼の後を継いでからは、ギュイヤールと同じく、ボルドー大学の宣誓印刷職人という特権的地位を得ていた。ギュイヤールは、地元の慣習法や官報の印刷も請け負っていたから、ボルドー高等法院と職業上の近しい関係にあった。実際、レヘテと交友があった上述のド・ボーリューの作品出版を手がけている。モルパンがみずからの印刷工房を構えたのは一五四二年から六三年までである。エチェパレの作品は、モルパンが独立してから間もない時期の仕事であったから、駆け出しのモルパンは、ギュイヤールの交友関係をかなり受け継いでいたと考えられる。

　著作権という概念がまだ確立していなかった当時、著者や編者や印刷業者は、国王、大法官府、地方の高等法院などに対して、書物の印刷や販売に係る一定期間の独占権を確保すべく嘆願し、「特認」を得るのが常套手段であった。モルパンは『バスク初文集』の出版に際し、ボルドー高等法院から三年間の特認を得ている。この特認を許可する公文書の抜粋が『バスク初文集』の巻末に収められており、原本と抜粋の照合を行ったのがボルドー高等法院の書記官ジャン・ド・ポンタックであった。じつはこのド・ポンタックなる人物、一五二七年には、ボルドー市の慣習法集成の出版特認をめぐって、モルパンの親方であったギュイヤールと利害関係にあり、裁判で争ったことがある［文献64］。また、モルパンは、許可なしにある書簡を印刷した咎で、一五五二年にボルドー高等法院から訴えられている。ボルドー高等法院とモルパンの関係は、持ちつ持たれつの関係であったと推測されるが、つねに良好というわけではなかったようだ。

以上の四人が実際にどのように交流したか、あるいはしなかったか、今となってはよくわからない。しかし、『バスク初文集』という小さな舞台において、我々は彼らが一堂に会しているのを目にすることができるのである。

エチェパレの生きた時代

西ヨーロッパ社会に関する伝統的な時代区分によれば、一六世紀に近世が始まったとされる。近世の幕開けは、中世の幕切れを意味していた。実際、一四五三年のコンスタンティノープル陥落による古代ローマ帝国の最終的な滅亡や、一四九二年のコロンブスによる「新大陸」到達などが、中世の黄昏を象徴する事件として記憶されてきた。

ところが、そうした歴史的記憶は、今日まで存続する近代国家の枠組みを無意識に参照しながら語られる傾向が強い。エチェパレが若き日々を過ごした「ガラシのくに」は、その当時ナ

＊8　一四九二年にイルニャ（スペイン語でパンプローナ）に最初の印刷工房が開業したが、本文で後述するような戦乱を避けて、一六世紀初頭には店舗が他所の土地に移っていた。

バラ王国の北端部の一角を占める一地方にすぎなかった（七ページ地図参照）。ところがナバラは、現スペインの一自治州を構成している。このため、エチェパレをスペイン史の文脈に引き寄せて読解しようとする傾向が一方にある。しかし一二三四年以来、ナバラ王国は国王の座にフランス王家を迎えるなど、フランスとの関係が深かった。しかも「ガラシのくに」は、現在ではフランス領バスク地方に属する。それゆえ、エチェパレをフランス史の文脈から読み解こうとする傾向が他方にある。だが、どちらの読み解き方も、それだけでは不十分であろう。というのは、エチェパレがその生涯の大半を送ったと思われるのは、スペインとフランスの間に挟まれた独立王国ナバラであったからだ。ところが、当のナバラ王国の命運は、一五世紀末から一六世紀中葉にかけてこれら二国の間で揺さぶられ、まさに風前の灯火だったのである。

さて、そのナバラ王国の興りは九世紀初頭にまで遡る。最盛期だった一一世紀初頭のサンチョ三世の治世下には、北は現フランスのボルドーから南西は現スペインのレオン、サモーラまでの広範な領土を統治し、イベリア半島南部のイスラーム勢力に対する再征服運動《レコンキスタ》の原動力となった。しかし、一五世紀末のナバラ王国は、ピレネー山脈の南北両側にまたがり広がっていたものの、王位継承問題に端を発する内紛が絶えず、国力が衰微しつつあった。

こうした情勢を見越して、一五一二年、フェルナンド二世[*9]アラゴン国王がナバラ王国に侵攻した。そして翌年にピレネーの北側の「ガラシのくに」の主都ドニバネ・ガラシ（フランス語でサン・ジャン・ピェ・ド・ポール）を占拠し、一五一五年にはナバラ王国のカスティーリャ王国への併合を宣言したのであった。これに対し、ナバラ国王のジャン・ダルブレ[*10]は、フランス王国の支援を受けて反撃するも、一五一六年にフェルナンド二世を継いだハプスブルク家のカルロス一世（カール五世）の大軍に敗れて戦死する。その後は、ジャン・ダルブレの息子アンリ二世が、新たにフランス国王に即位したフランソワ一世の援助を受けて失地回復を試みたが、一五二一年に敗走し、国土の九割近いピレネー以南のナバラを失うのであった。

ところがアンリ二世は、「ガラシのくに」の北に位置するドナパレウ（フランス語でサン・パレ）村に首都機能を移転させ、独立王国としての体裁をかろうじて保持していく。この過程で一五二七年に執り行われたフランソワ一世の姉マルグリット・ダングレーム（後のマルグリット・ド・ナヴァール）との結婚は、ナバラ王国にわずかに残された実効支配圏をその東方のベアルン地方にまで拡大すると同時に、フランス王国の影響下に入ることを意味していた。一方のカルロス一世は、一五二四年頃から三〇年までの間に、おそらく地政学的条件からか、ピレネ

＊9　カスティーリャ国王としてはフェルナンド五世（在位一四七四〜一五〇四年）。アラゴン国王としてはフェルナンド二世（在位一四七九〜一五一六年）。フェルナンド二世は、ナバラ併合後、その領土を娘のカスティーリャ女王フアナ一世に譲ったため、ナバラはアラゴン王国ではなくカスティーリャ王国に併合されたと理解されている。
＊10　ナバラ国王フアン三世のこと。フランス貴族アルブレ伯でもあったため、フランス語でジャン・ダルブレとも呼ばれる。

ーの北側に残された一三〇〇平方キロメートルにすぎないナバラ王国の残滓に対する領土的野心を捨ててしまう。

こうしてナバラ王国は、一六世紀前半にピレネー山脈の南と北に二分された。ピレネー以南のナバラは、「高ナバラ」もしくは単に「ナバラ」と称される。副王制に基づく一定の自治権を保持したものの、実質的にはカスティーリャ王国へ併合されたも同然であった。他方、ピレネー以北のナバラは、「低ナバラ」と称される。その後、低ナバラの国王は婚姻関係によってフランス国王を兼ねたが、一六一〇年には完全にフランスの支配下に入る。一七八九年のフランス革命を近代の始まりと見なすならば、ナバラ王国は、中世から近代への過渡期としての近世を通じて歴史の表舞台から消え去り、近代国家の建設に至ることがなかった。

このナバラと関連して理解しておかねばならないことは、エチェパレの生きていた時代に、「バスク地方」という領域概念がまだ確立していなかったという当時の状況である。今日、明白なバスク人意識を有する人びとにとって、歴史的・文化的なバスク地方を指す用語は「エウスカル・エリア Euskal Herria」であり、「バスク語のくに」という意味を持つ。そのエウスカル・エリアは、スペイン領のアラバ、ギプスコア、ビスカイア、ナバラと、フランス領のラプルディ、低ナバラ、スベロアの計七つの領域から構成される。ところがエチェパレは、エウスカル・エリアとしてのバスク地方に言及することがなかった。彼が言及したのは、低ナバラ内の一地域にすぎない自分の故郷、「ガラシのくに」でしかなかった。

文字に書かれた資料に関するかぎり、エウスカル・エリアの用語の初出は一五六四年である。しかし、それが指していた地理的範囲は不明である。エウスカル・エリアの述語が、上述の七領域から構成されるものとして初めて明示的に用いられたのは、ペドロ・デ・アゲレことアシュラル Axular（一五五六〜一六四四年）の小説『あとで』（一六四三年）であった。なるほど一五四五年のエチェパレは、エウスカル・エリアについて言及しなかった。とはいえ、少なくとも彼は、バスク人について語り、バスク語を讃美した。バスク語の話し手としての同胞意識は、この時期すでに醸成されていたと推測される。

事実、中世に整備されていったサンティアゴ・デ・コンポステラへの巡礼路は、近世初頭には交易路としてさらに発展し、バスク語の民は、バスク語を話さない人びとがバスク語を話す人びとに対して向けるまなざしを通して、徐々に自分たちの姿を相対視できるようになっていた。ヒトと物資の移動は以前にも増して盛んになったが、中でも一五世紀中葉に発明されたグーテンベルクの活版印刷術は、情報の伝搬と拡散に大いに貢献することとなった。イタリアやフランスやドイツなどで出版された書籍は、リヨン、トゥールーズから陸路を通って、巡礼路上に位置していた「ガラシのくに」を経由し、ピレネー以南のナバラ王国の首都イルニャ（スペイン語でパンプローナ）を通り、あるいはフランドル地方から海路を経てビルボ（スペイン語でビルバオ）の港に陸揚げされ、スペイン各地に流通していった。現に、ストラスブール生まれの画家クリストフ・ヴァイディッツ Christoph Weiditz（一四九八〜一五五九年）［文献79］や、ヴエネツィアの外交官だったアンドレア・ナヴァジェロ Andrea Navagero（一四八三〜一五二九年）など、一六世紀前半頃より、バスクの土地を訪れ、バスクの民を描いた異邦人の記録が今日までいくつか残されている（図2）。

なお、エチェパレ自身、『バスク初文集』の中で「バスク人」の語を用いているが、そこには、バスク人以外のひとがバスク人を指して用いる民族他称の「バスコアク baskoak」と、バスク人がみずからを指して用いる民族自称「エウスカルドゥナク heuscaldunac」とが混在している。文字に残された「エウスカルドゥナク」の用語は、この『バスク初文集』が初出である。だが、韻律に左右されない散文で書かれた序文において、あえて「バスコアク」の語が選択されたように、当時まだまだ「エウスカルドゥナク」の表現は馴染みが薄かったのかもしれない。

図2：現スペインとフランスの国境付近で1530年頃に描かれたバスク女性。［クリストフ・ヴァイディッツ作、独ニュルンベルク・ゲルマン国立博物館所蔵］

ともあれ、こうしてルネサンスの息吹は、一五世紀末から一六世紀初頭にかけて、フランス経由でナバラ王国に到達しつつあった。ラテン語ではなく、土地土地に根ざした母語としての「俗語」を、書き言葉として「国語」の地位に押し上げようという、文学的ないし政治的な潮流は、印刷された文学作品や法令集を通して広まっていった。ネブリーハの『カスティーリャ語文法』（一四九二年）しかり、法律用語としてのフランス語の使用を規定したヴィレール・コトレ勅令（一五三九年）しかり、である。しかし、中央集権的な国家統一の動きの一方で、ルターが掲げた「九五箇条の提題」（一五一六年）に始まる宗教改革のうねりは、ヨーロッパ全土をカトリックとプロテスタントに分断し、対峙させることとなった。

カスティーリャ王国では、一五一三年に異端審問所が設置され、ルネサンスの自由闊達な空気は早くも息苦しさを醸し出していた。その後のフェリペ二世の治世下（一五五六～九八年）に、聖職者が国境を越えてフランスへ渡航することや海外から異端書を輸入することが禁止されるなど、国家による思想統制が一段と進んだ。一方のフランスでは、フランソワ一世の治世（一五一五～四七年）の前半に文藝復興の潮流が生まれた。ことに彼の姉にあたるナバラ王妃のマルグリット・ド・ナヴァール（一四九二～一五四九年）は、みずから『エプタメロン』（一五五八年）を著してフランス文学史に足跡を残しているように、学芸に深い理解を示しただけでなく、福音主義者の庇護にもあたった。

一五三〇年代から四〇年代は、フランス（とナバラ）の出版文化にとって、きわめて重要な時代の転換期である。一五三〇年のコレージュ・ド・フランス設置、三二年のラブレーの『パンタグリュエル』刊行、四一年のカルヴァンの『キリスト教綱要』フランス語版出版を経験したフランスには、四三年のコペルニクスの『天球の回転について』やヴェサリウスの『人体の構造について』など、ルネサンスの革新的な科学の知が近隣諸国から流れ込んできた反面、一五三四年の檄文事件をきっかけとして、国家権力と教会権力による言論弾圧が徐々に進行していったのである。一五三七年に導入された納本制度は、半ば書物の検閲を兼ねていた。こうして一五四〇年代からは、パリ大学神学部によって禁書目録が発行され、四四年には、フランスで最初の禁書目録が高等法院によって出されたのであった。

こうした時代の趨勢を見据えて、エチェパレの『バスク初文集』は、ボルドーの印刷工房で、ひっそりと産声をあげた。一五四五年のことである。折しも西ヨーロッパでは、結成されて間もないイエズス会が主導し、宗教改革に対抗してカトリックの刷新を訴えたトリエント公会議が開催され、宗教戦争前夜の色合いが一段と深まっていた。

『バスク初文集』の周辺あれこれ

目下確認されている『バスク初文集』の唯一の原典は、パリのフランス国立図書館（BnF）に所蔵されている。今日では、その全容がデジタル・データ化されて、同図書館が運営する電子図書館サイトのガリカ Gallica に公開されており、インターネットを通して閲覧することが可能である。[*11] 容易に原典を目にすることができるようになった反面、原典の経年劣化ということもあって、原典そのものに直に触れるのは、なかなかたいへんである。一九九四年に新設されたフランソワ・ミッテラン館の稀覯本保管室で厳重に管理されている原典を直接閲覧するためには、通常の研究書庫閲覧申請手続きに加えて、当該資料を利用する理由を口頭と書面で正当化してインタヴューを受け、許可を得なければならない（所蔵番号は RES YO-1）。

『バスク初文集』の原典は、八ページごとにページ右下に記されたA・i・j、B、C、D、E、F、Gの折丁付けから明らかなとおり、四枚八ページの折丁が七つまとまって製本された四つ折判である。すなわち、紙数わずか二八枚、五六ページの小冊にすぎない。最終ページは空白であるから、書誌情報としては五五ページといった方がよいかもしれない。この原典には革表紙の装丁が施されており、革表紙と原本の間に、後で挿入されたと思われる空白の遊び紙が差し挟まれている。表紙に続いて二枚、裏表紙の直前に三枚である。

今日私たちが手にすることのできる唯一の『バスク初文集』は、意外に小さくて軽い。大人の両手にすっぽり収まるくらいの、現代の新書判ないし四六判サイズに近い。一九世紀末に言

＊11　http://gallica.bnf.fr/ark:/12148/btv1b8609513p.r=Linguae+Vasconum.langEN　二〇一〇年一一月以来、オンラインによる閲覧が可能となっている。

語学者ジュリアン・ヴァンソン Julien Vinson が書き残した記録〔文献63〕によると、外装の寸法は、縦一七二ミリメートル、横一一九ミリメートルとある。念のため訳者も計測してみたが、これに同じであった。原典の紙の寸法は、縦一七一ミリメートル、横一一八ミリメートルと、外装よりわずかに小さい。また、外装を含めた書物の厚さは、紙に反りが入っており、計測する場所によって厚みが若干異なる。ヴァンソンの記録を再び引くならば、背表紙の厚さが九ミリメートル、小口の厚さは、中央部で一〇ミリメートル、上下両端部が九ミリメートルである。

この原典の中身は、次の六つの要素から成る。①表題、②注意書き、③序文、④詩篇、⑤エピグラフ、⑥奥付。この中で『バスク初文集』の本体部は、言うまでもなく④詩篇であるが、ひとまずこの本体部以外の周辺部、フランスの文学理論家ジェラール・ジュネットにならうならば、『バスク初文集』の「敷居」[*12]から覗いていこう。

まずは表題を含むタイトルページである（口絵1参照）。ページの上段に、三行にわたって、以下の文言がラテン語で書かれている。「エイヘラレの主任司祭ベルナト・エチェパレ氏によるバスク初文集」。「バスク初文集」のくだりは、より正確に訳すと「バスク人の言葉の初穂」となるが、ここではその意訳である。そしてページ中央に、キリスト磔図の木版画が印刷されている。十字架の上部には、キリストの罪状を記したINRI（ユダヤ人の王、ナザレのイエス）の頭文字が刻まれ、十字架の足下には、「死」を象徴する髑髏が置かれている。十字架のイエスの左側（我々から見ると右側）には使徒ヨハネが、右側（我々からは左側）には聖母マリアの姿が描かれ、背景にはエルサレムの街とオリーブ山が見える。キリスト磔図のモチーフはあまりにも有名で、至るところに数多見受けられる。だが、この木版画が誰の手によるものかは判明していない。

表題と木版画の間のスペースに印字された朱色の検印は、フランス王立図書館時代のものである。フランス国立図書館によると、この検印が用いられたのは一七三五年から一七八二年の間だという。よって、旧体制下のこの時期に『バスク初文集』の原本が同図書館に登録されていたことがわかる。原典には、この検印のほかに、二種類計三つの検印が押されている。一八三三年五月から一八四八年の間に押された七月王政期の検印が一つ、一八六五年から一八七〇年の間の第二帝政期に押された検印が二つである。それぞれ政体の変革を顕示するかのように押印されている。

原典のタイトルページは、すっきりした感じの体裁である。一瞥したかぎりでは、ラテン語で書かれた、なにやら古めかしい中世の宗教的な作品のようにすら見える。しかし、このタイトルページには、ルネサンスの新鮮な息づかいが明らかに感じられる。そもそも一四八〇年代以前の書物にタイトルページはほとんど設けられなかったから、その存在自体がすでに中世的

＊12　テキスト本体部とその外周部の諸要素（パラテキスト）とを結びつける曖昧な領域のことを指す［文献74、76］。

世界とは別の世界であることを物語っている。そしてまた、その斬新なイメージは、ひとえにその活字体によるところが大きい。『バスク初文集』には、ローマン字体が導入されたのである。

グーテンベルクの活版印刷術の発明後しばらくの間、活字体の主流は手書き文字に準じたゴチック体であったが、一六世紀初頭頃には啓蒙的なイメージを伴ったローマン体へと次第に変化していった。当時フランスにおける出版業の中心だったパリとリヨンでは、早くも一六世紀半ばには、ローマン字体に代わってイタリック体が新たな流行となりつつあった。ボルドーにおける出版活動はこれら二都市に遅れをとっていたが、それでもローマン体による活字を採用したという事実は、明らかにルネサンスの人文主義に与する含みを持つ。著者名を巻頭に明示するという行為もまた、中世までの宗教関連書にはなく、ルネサンスの到来とともに始まった世俗的慣行である。中世風の宗教的含意に満ちた木版画とは対照的な原典の性格が、こうして浮き彫りになるであろう。

このタイトルページの裏面に続くのが、印刷工と読者に対する注意書きである（本書一七ページ参照）。これはラテン語で書かれている。バスク語は独自の文字を持たなかった。近世以前のバスク語の断片的な記録は、すべてラテン文字を借りて表記されてきた。その代表例は、フランソワ・ラブレーの『パンタグリュエル』（一五三二年）第九章に見て取れる［文献45、50］。だが、それまでの表記方法は、書き手によってまちまちであった。『バスク初文集』のこの注意書きを読むと、エチェパレには、おぼろげながらも、バスク語の正書法を整えようという意図があったように思われる。バスク語で植字した経験がない印刷工に対しては、ラテン語のスペリングに引きずられないよう注意を促すとともに、読者に対しては、注意が必要な発音の仕方を解説しているのである。
この注意書きから、おそらく次の二つのことが言える。まず『バスク初文集』は、当時の読書習慣にならって、声に出して読まれる、あるいは詠われることを前提としていたようだ。しかもここで想定されている読者とは、単にバスク語を理解するだけではなく、当時のヨーロッパの汎用的言語であったラテン語をも理解する、教養ある階層の人びとであった。表題とこの注意喚起がラテン語で書かれていることは、この仮説を支持するであろう。そして次に、発音の説明がcの文字に関わっていること、しかもç（セディーユ）について説明していることから、エチェパレは、一五三〇年代ないし四〇年代より顕著になったフランス語の正書法をめぐる議論[*13]を十分意識していた可能性が高い。たとえ『バスク初文集』においては、いわゆる句読点の打ち方や改行の仕方が、まだまだ規則性を欠いているにしても、である。

*13　例えば、ジェフロワ・トリー『万華園』（一五二九年）、ジャック・デュボワ『フランス語への誘い』（一五三一年）、エティエンヌ・ドレ『巧い翻訳の方法。加えてフランス語の発音について。加えてそのアクセントについて』（一五四〇年）、ルイ・メグレ『フランス語書記法の慣用についての論考』（一五四二年）、デュ・ベレー『フランス語の擁護と顕揚』（一五四九年）など。

こうしたエチェパレの志向は、注意書きに続いて掲載された序文においても確認できる（口絵2参照）。ここでエチェパレは、『バスク初文集』を執筆するに至った動機をバスク語の散文で書き綴っている。「バスク人は如才なく、勤勉で、かつまた高貴」であるにもかかわらず、「よそのさまざまな言語と同じく、書き言葉としてもまことに素晴らしい言語であることを全世界に示してこなかった」ことに、エチェパレは驚きを禁じ得ない。「よそのさまざまな言語」とあるが、『バスク初文集』の中で、具体的な言語名称を挙げて言及されているのは、フランス語のみである。ともあれ、みずからの言語で書かなかったがためにバスク語は過小評価されているとの認識に立つエチェパレは、みずからバスク語でさまざまなジャンルの詩文を創作することによって、バスク語が他の言語と同等の地位にあることを示そうとした。しかし、そのことを効果的に示すためには、ただ書き綴っただけでは不十分で、その作品を当時の最新技術である活版印刷術を用いて印刷し、流布させる必要があった。そこでエチェパレは、ボルドー高等法院のベルナール・レヘテに支援を求めたのである。「今まで印刷されたことのなかったバスク語が、印刷されることにより今後ますます進歩し、生き永らえ、世界のすみずみへ広がっていく」ことを希求してのことであった。この序文は、エチェパレの意思表明であるとともに、レヘテに対して援助を求める献辞となっている。

エチェパレは、バスク語が今まで印刷されたことがなかったと確言している。なぜそのように断言できたのだろうか。おそらくレヘテとの交友を通してであろう。レヘテの勧める高等法院は、書籍出版の特認を裁可する権限を有していた。また、上述したとおり彼が文芸サロンを主催していたとすれば、そこには最新の文芸出版情報が集まっていたはずである。あるいはまた、エチェパレのこのような強い自負は、当時のルネサンス人の典型的気質なのかもしれない。時代がやや下った一六一三年のセルバンテスも、その『模範小説集』の序文において、彼自身が「スペイン語で短篇小説を書いた最初の作家」であることを、堂々と宣言している［文献24］。

なお、序文の文末にはタイトルページと異なる木版画が挿入されている（口絵3参照）。十字架を左側に抱えたイエスが、四角形の敷物の上に、足を組んで半ば座している。その両側には一人ずつ天使がお伴し、ともに一方の手の人差し指でイエスを指さし、他方の手で敷物を持っている。敷物にかかった手は、敷物を持ち上げるようでもあり、敷物をまさに地表に降ろさんかのようでもある。キリスト昇天に付き添って力添えした二人の天使を描いていると推測されるが、この木版図についての解題は目下のところほぼ皆無であり、今後の解明が待たれる。

この二つめの木版画に続くのが、『バスク初文集』の本体部にあたる詩篇だが、先述のとおり、これについては次節で論じる。

そして詩篇に後続するのが、短いエピグラフである。エピグラフとは、書物の冒頭に、とりわけ冒頭に献辞がある場合はその直後に、置かれることが多い引用句のことである。もっとも、ジュネットによれば、書物の巻末に置かれることがあり、その場合は書物全体を総括する役割を担うという。『バスク初文集』のエピグラフは、詩篇の最後の詩である「サウトゥレラ」と同じページに、さほど行間を置かずに書かれている。そのため、「サウトゥレラ」の詩の一部として誤読されることがあった。しかし、詩篇とは切り離して理解しなければならない、一個の独立した書物構成要素である。

このわずか二行のエピグラフは、大文字のラテン語で綴られ、「初めはつつましきひ弱な存在であっても、それがいずれより大きな幸せを得んことを」と語る。「初めはつつまし」く、「ひ弱な存在」であるのは、バスク語あるいはバスク語の民のことである。ここに込められた願望は言わずもがなであり、上述したエチェパレの序文とも見事に対応して、『バスク初文集』の趣旨を的確に表わしていよう。

エピグラフの文言が引用句であるとすれば、引用元はどこか。古代ローマの詩人オウィディウスからの引用ではないかという説もあるが、起源ははっきりしない［文献47］。だが、エチェパレと同時代では、ラブレーの『第三の書』（一五四六年）第四二章にほぼ同じ表現が見受けられる［文献50］ほか、一三世紀から一六世紀にかけてのイギリスやイタリアの書物や殿堂の碑文にも確認される。さらに時代が下って一九世紀後半、イギリス植民地下の南アフリカのダーバンの紋章にも引用された。少なくとも、一六世紀中葉には、ある程度広範囲に知れ渡っていた格言ではないかと推測される。

さて、このエピグラフをもって、詩集としての『バスク初文集』は事実上完結する。ところが、同書の巻末には、奥付として、ボルドー高等法院記録簿冊からの抜粋が添付されている。

既述したとおり、著作権の概念がなかった一六世紀前半、活字本の編著者や出版業者は、みずから刊行した作品のオリジナリティと出版・販売独占権を主張して、当局の「特認」を嘆願し、許可された場合は、それを書物のしかるべきところに明示するのが常であった。

一四九八年から一五二六年にかけてのフランス王国の特認制度をつぶさに研究したエリザベス・アームストロング［文献64］によれば、特認は、当初は国王や大法官府に対して請願されていたが、時代が下るとともに、各地の高等法院に対してもなされるようになったという。ボルドー高等法院が初めて書籍出版に対する特認を裁可したのは、一五二七年のことである。国王直々の特認は、往々にして書物の冒頭部に明示的に表示されたが、高等法院の特認の場合は、書記官の名を付した記録簿の抜粋を書物に添付するだけに略式化されていった。

『バスク初文集』の特認申請は、著者のエチェパレではなく、印刷工房親方のフランソワ・モルパンによって、ボルドー高等法院に対して行われた。一五四五年四月末日の日付が何を意味するかは議論の残るところだが、ひとまず特認が裁可された日付だとしておこう。特認の期間は三年間、違反者に科せられる罰金は千トゥール・リーヴルと決定された。特認を嘆願する理由は、出版印刷に少なからぬ経費を要したため、という経済的なものである。バスク語で印刷された最初の活字本であるという独創性は、特認を請願する理由となっていない。

この罰金千リーヴルという金額は、当時の相場からすると、どう位置づけられるだろうか。アームストロングの研究からは、特認違反に対する罰金の上限が一五二六年より前の時期にせいぜい五〇〇リーヴルであったことがわかっている。また、書物史研究の金字塔といわれるリュシアン・フェーヴルとアンリ＝ジャン・マルタンの『書物の出現』によれば、一五四〇年から五〇年にかけて、良好な状態の印刷機の価格は、一台二三～三〇リーヴル、紙一連（五〇〇枚）の値段は一〇～三〇スー（二〇スーで一リーヴル）であった［文献73］。さらに、リヨンの印刷業者の場合、一五四五年の課税評価額の平均は一八リーヴルであったという［文献75］。こうした関連事実から、千リーヴルの罰金というのは、かなりの金額であったと思われる。『バスク初文集』の発行部数は不明だが、特認の効力がフランス全土に及ばず、ボルドー高等法院の所轄区域に限定されていたことから察するに、部数はさほど多くなかったのではないか。『バスク初文集』の印刷に要した総経費が千リーヴルを上回ることは、少なくともありえなかったであろう。

ところでこの奥付は、ボルドー高等法院記録簿冊からの抜粋である。より詳細な記録簿冊の原本は、ボルドーのジロンド県公文書館にあるはずだが、同館によると、一五四四年一一月から一五四五年一一月までの記録簿冊がすっかり消失しているという。今までのところ、原本は確認されていない。じつは『バスク初文集』には、同時代の活字本には通常明記されている発行年も発行地も記載がない。モルパンという印刷工親方の存在から発行地がボルドーであることは間違いないにせよ、発行年が一五四五年だという定説は、この奥付の記録簿冊抜粋を根拠としているのである。アームストロングによれば、出版日と特認裁可の日付との間には、しばしば時間的なずれが確認され、この傾向は、高等法院による特認の場合に一層強いという。『バスク初文集』が一五四五年よりも以前に刊行された可能性はゼロではない。
このことと関連して浮上してくる今ひとつの争点は、『バスク初文集』が実際に執筆された時期であろう。既述したとおり、エチェパレは序文の中で、ベルナール・レヘテに対して、みずから書き綴ったバスク語詩集の校閲と出版を依頼している。ということは、エチェパレがその詩集を書き上げた時点で、出版に関する取り決めはまだ成立していなかったのではないか。現在でも脱稿から書籍刊行までに一定の時間を要することに変わりはないが、『バスク初文集』の場合、どれくらいの時間的なずれがあったのだろうか。[*14]
なお、この奥付はフランス語で記されている。なぜなら、一五三九年八月一〇日のヴィレール・コトレ勅令によって、フランス王国内の法令文書はフランス語で記されることが義務づけられたからである。言語社会史的には、この法令は、教会権力の影響下にあったラテン語を公文書から排除し、「国語」としてのフランス語を確立させる筋道をつけた法令として名高い。その一方で、フランス国内の地域言語の存続に対する負の影響を与えた法令として、地域諸語

*14 『バスク初文集』に収められた作品のうち、序文、「コントラパス」ならびに「サウトゥレラ」は、他の詩と別の時期に執筆されたのではないかという説がある（本篇の註6ならびに吉田の解説を参照されたい）。

の話者からは否定的に評価されている。だが、少なくともバスク語に関するかぎり、一五四五年の『バスク初文集』出版という事実から判断するに、この王勅が、ただちにバスク語の衰退を助長したわけではなさそうだ。

詩篇の解説に入る前に、あと一つどうしても述べておかねばならないことがある。それは、『バスク初文集』の装丁についてである。ジュネットの提唱する「敷居」には厳密には含まれないかもしれないが、ここではその延長上にあると見なしておこう。

一六世紀前半の書物は、必ずしも当初から製本が施されていたわけではない。製本や装丁を行うと重量がかさみ、搬送経費が高くついたので、書物は刷り紙のまま各地に発送されていた。多くの場合、書物の所蔵者は各自で製本を依頼していた。現存する『バスク初文集』の場合、茶色の牛革の装丁が表紙、裏表紙、背表紙に施されている。表紙と裏表紙には小口寄りの縁にそれぞれ二カ所ずつ小さな穴があいており、往時には紐または帯を通して、書物を束ねていたと思われる。また、電子図書館ガリカ版では確認できないが、書物の天地と小口の部分には金箔が貼られていた形跡が残っており、小冊にしては豪華な三方金装本であることがわかる。さらに、背表紙には金箔の二重線が一〇本確認される。これらは二組ずつ五つのグループに分かれ、各グループのペアの二重線の間に、S字を横に寝かせたような金箔模様が組み込まれている。さらにまた、同じデザインの表紙と裏表紙には、金箔の二重線で四角い囲いが施され、その四つの角にアヤメの花が据えられている。そしてその囲いの中央部にブルボン家の代名詞とも言える「フルール・ド・リス」（アヤメ）の紋章が据えられている（口絵4参照）のである。

フランス国立図書館によると、この紋章はブルボン家のコンデ公ルイ一世（一五三〇～六九年）（図3）のものだという。コンデ公ルイ一世と言えば、カトリックとプロテスタントが戦ったユグノー戦争において、プロテスタント側を率いた大将である。『バスク初文集』がボルドーで刊行された時、コンデ公は一五歳前後の少年であった。バスク語を解したとは思えない少年時代のコンデ公が、この書物をみずから入手したのだろうか。バスク語文学研究者のオーレリ・アルコチャの推論は、義理の姉の母にあたるナバラ王妃のマルグリット・ド・ナヴァール（図4）を経由して、コンデ公の手元に転がり込んできたというものだが、根拠はない［文献20］。事の次第がどうであれ、発行されたうちの少なくとも一冊が、フランス王室と姻戚関係にあったナバラ王室の書庫に収められたおかげで、『バスク初文集』は戦火や検閲をくぐり抜け、今

図3：コンデ公ルイ1世の肖像。［16世紀、作者不詳］

図4：マルグリット・ド・ナヴァールの肖像。［1548年、フランソワ・クルーエ作］

日のフランス国立図書館の前身であるフランス王立図書館に保管される運びとなった。先述したとおり、タイトルページの検印から、一八世紀の中葉に王立図書館の蔵書として正式登録されていたことは明白である。しかし、いつどういう経路で同図書館に納本されたかは、謎のままである。

以上、少なからぬ紙幅を割いて提示してきた疑問に対する答えは、永遠に見つからないかもしれない。しかし、そうした謎についてあれこれ推理を働かせることは、『バスク初文集』を鑑賞する際の一つの愉しみであろう。

『バスク初文集』の詩とその評価

『バスク初文集』の本体部にあたる詩篇には、次の一八の詩が収められている。収録順に、①「キリスト教の教え」、②「十戒」、③「最後の審判」、④「祈り」、⑤「恋人たちへの訓え」、⑥「女に対する擁護」、⑦「夫婦の詩」、⑧「密かに恋をする者」、⑨「恋人たちの別れ」、⑩「妬み深い恋人」、⑪「口づけを求めて」、⑫「求愛」、⑬「恋人たちの諍い」、⑭「凶運とともに立ち去りなさい」、⑮「かたくなな恋人の仕打ち」、⑯「ベルナト・エチェパレ殿の歌」、⑰「コントラパス」、⑱「サウトゥレラ」である。

一般には、②「十戒」、③「最後の審判」、④「祈り」の三篇の詩を①「キリスト教の教え」のサブ・カテゴリーとみなし、全部で一五の詩に区分することが多い。これは、バスク語学者のルネ・ラフォン René Lafon が一九五一年に提示した見解であり［文献40、41、42］、その後半世紀以上にわたって、バスク語やバスク語文学の研究者の間で、なかば慣例的に踏襲されてきている。もっとも、わずか四行しかない⑭「凶運とともに立ち去りなさい」については、ラフォン自身が、同じ韻律で作られた直前の⑬「恋人たちの諍い」の最終部ではないか、との留保をつけており、近年では、元バスク語アカデミー会長のジャン・ハリチェラル Jean Haritschelhar［文献31］をはじめ、この留保を支持する傾向がにわかに強まっている。しかし、これらのいずれの見解に基づいても、表題を除いて全部で一一五八行ある詩篇本体のうち、四割近い四五〇行を「キリスト教の教え」一篇だけで占めることになり、なんとも不釣り合いな作品構成だとの印象は否めない。

なるほどこれらの説は、主として詩の内容に基づいて打ち出された見解であり、それなりに説得力を持つ。そこで暗黙の前提とされているのは、一六世紀中葉の植字ならびに校正作業の未熟さである。『バスク初文集』の原典には、上述した一八の詩のそれぞれの冒頭に、段落記号¶の付いた独立した表題が掲げてある。しかもこれらの表題は、ページの左端からではなく、ページの左右中央部に印字してある。さらに、①「キリスト教の教え」と②「十戒」の二篇については、飾り文字で詩が始まっており、二つの独立した同等格の詩だとの印象を受ける。ところが、こうした表題の掲げ方は、書物全体を通して必ずしも統一がとれていない。そのため、内容を重視する立場からすると、表題における形式上の異同は、当時の植字作業ないし校正作業の大雑把さに起因しており、さほど留意しなくてもよい、ということになるのであろう。

しかし、『バスク初文集』の詩の内容解釈といっても、著者の生涯や執筆の経緯など、解釈を裏づける事象に乏しいため、いまだ決定的な解釈があるわけではない。したがって本書では、ラフォンの通説に則らず、今日まで残された唯一の原典におけるタイポグラフィという「形式」により重きを置いて、上述の一八に区分した。ラフォンは、区分した個々の詩の表題に通番を打っているが、原典にそのような番号はない。なお、本書において付した詩の行番号は、ラフォンの区分に基づいて打たれた行番号である。『バスク初文集』が他の言語に翻訳されるに際して、昨今ではこの行番号がお定まりのように振られているので、比較参照の便を考慮して、本書においてもそのまま踏襲している。

このように、『バスク初文集』に収められた詩の数については、見解が分かれている。一方、これらの詩篇の主題別分類については、宗教的な言説、愛の諸相の描出、そしてバスク語讃歌、の三つに範疇分けすることで、ほぼ異論がないようである。上記の一八篇の中では、①「キリスト教の教え」から④「祈り」までが宗教的な言説に、⑤「恋人たちへの訓え」から⑮「かたくなな恋人の仕打ち」までが愛の諸相の描出に、そして⑰「コントラパス」と⑱「サウトゥレラ」がバスク語讃歌に、それぞれ分類されよう。問題は⑯「ベルナト・エチェパレ殿の歌」である。この詩は、エチェパレ自身が投獄されたことを暗示している。そのため、自伝的内容の詩として、一個の独立した範疇に数え上げられることがある。しかし、投獄の真偽は不明である。また、愛の諸相を歌った詩の中にも、エチェパレ自身の恋愛体験を歌ったと思しきものが存在する。したがって、自伝的詩歌の範疇を設けるのであれば、一八の詩篇全体の分類そのものを見直した方がよいだろう。⑯「ベルナト・エチェパレ殿の歌」は、正義や真実に対する愛の詩と読めないこともないが、不実の事柄で断罪されたわが身の潔白を神に訴えかける内容となっていることから、とりあえずここでは、これを宗教的言説の範疇に含めておく。もっとも、宗教戦争の足音が迫りつつあった当時、宗教的な言説は必然的に政治的な言説を含意していたから、政治的・宗教的言説として一つにまとめた方が適切かもしれない。

さて、『バスク初文集』の今日的意義を高めることになったのが、順序は逆になるが、詩篇の最後を飾るバスク語讃歌、「コントラパス」と「サウトゥレラ」である。後述するとおり、二〇世紀後半に、バスク語の復権が高唱され、言語・文化の多様性の尊重が標榜される社会的潮流の中で、一躍脚光を浴びたのであった。

どちらの詩の表題も、一六世紀当時流行した舞踏の名称に由来する。「コントラパス」とは、セルバンテスが『模範小説集』の中の「麗しき皿洗い娘」において「外国からやってきた踊り」として描いたように、カスティーリャ地方の外から入ってきた踊りである［文献24］。カタルーニャの伝統舞踏サルダーニャや南仏オクシタニーの伝統舞踊との関連が主張される一方で、イタリア起源の踊りだという説も根強く、定説はない。かたや「サウトゥレラ」は、中世のイタリアに発したと言われるダンス「サルタレッロ」のことである。どのような踊りだったかは同じく不明だが、テンポの早い三拍子にあわせ、独得の跳躍を含む踊りであったようだ。「コントラパス」の詩は、『バスク初文集』の中で唯一、一ページに二段組で印刷されている（口絵5参照）。ページ数を節約しようとしたのだろうか、それとも舞踏の躍動感を視覚的に表わそうとしたのだろうか。いずれにせよ、これら二篇の詩は、『バスク初文集』のその他の詩とは打って変わって、快活な祝福感あふれる讃歌となっている。

「コントラパス」において、バスク語が印刷され、公的空間に姿を見せ、全世界を闊歩するよう鼓舞したエチェパレは、続けざまに、実際に印刷され、表舞台に颯爽と登場したバスク語を見届ける場面を、「サウトゥレラ」において高らかに歌い上げる。後衛の位置から今や前衛の位置へと大きく進み出たバスク語を誉め讃え、バスク語の民に自負を持つよう促すだけでなく、そうした偉業を達成したエチェパレ自身と、エチェパレを生んだ「ガラシのくに」に対する誇りを詠唱する。もちろん、エチェパレの庇護者ベルナール・レヘテに対する感謝も忘れずにはおかない。そうして、詩の最後には、皆で嬉々として踊りに繰り出すのである。これら二篇の詩型は、反復するルフランを特徴とするルネサンス・フランスの定型詩ロンドーと関連づけられている。この名称からは、輪舞曲ロンドーが、当然のことながら連想されよう。

次に、人間の母語に対する愛着や誇りではなく、人間どうしの愛の諸相を歌った詩は一一篇ある。オーレリ・アルコチャとベニャト・オヤルサバルの簡明な見解にならえば、これら一一篇の詩は二つのグループに大別される〔文献21〕。

一つめのグループは、⑤「恋人たちへの訓え」、⑥「女に対する擁護」、⑦「夫婦の詩」の三篇から成る。これらの詩には、著者エチェパレが「私」という一人称の形で姿を現わし、エチェパレ自身の愛に対する意見表明といった感がある。例えば、⑤の冒頭で「皆さまのためになることをお話しいたしますよ」と聴衆に語りかけるような話法は、中世以来の修辞学の一領域である「デクラマティオ declamatio」を意識したものであろう。また、⑤では聖母マリアに対する思慕が歌われ、⑥では一六世紀初期のヨーロッパで広く流行した女性擁護の立場が弁明される。ところが、⑥の最後には男女の交合が描かれ、⑦では内面の感情に正直なまま既婚女性に対して横恋慕する情景が描かれたため、かつては『バスク初文集』全般に対する否定的評価の一根拠となった。

残り八篇がもう一つのグループを成す。その多くが、虚構として設定されたさまざまな局面における愛の諸相を歌ったものであり、南仏オクシタニーの宮廷愛文学や、イタリア・ルネサンスの詩人ペトラルカの影響を指摘する向きもある〔文献17、19〕。ただし、⑪「口づけを求めて」、⑬「恋人たちの諍い」、⑭「凶運とともに立ち去りなさい」の三篇は、対話式のスタンザ（節、連）となっており、やや趣向を異にする。⑭が⑬の続きであるという説が近年受容されつつあることは、すでに述べたとおりである。

重要な争点は、残りの政治的・宗教的な詩篇である。①「キリスト教の教え」、②「十戒」、

③「最後の審判」、④「祈り」の四つについては、これらを一篇の詩とみなすか否かはさておき、分量的に詩篇全体の四割近くを占めている。詩篇全体の中では、現代的意義の高いバスク語讃歌にばかり注目が行きがちだが、宗教改革の荒波が押し寄せつつあった時代に、カトリックの司祭だったエチェパレがこれだけの紙幅を割いて執筆したという事実は、軽視できない何かを物語っている。ところが、過去一世紀に及ぶ『バスク初文集』研究が半ば意図的に避けてきたのが、これら四つの詩篇に対する解題なのであった。
　これら四つの詩篇から訳者が得た第一印象は、キリスト教の教義をできるだけ原義に沿って読者に教え諭そうという、エチェパレの真摯な、しかし、ややもすれば教化的な態度である。これらの詩の中にひょっこり顔を出す作者エチェパレとしての「私」が、敬称「あなた」を用いるのは神や聖母マリアとの関係においてであり、親称「お前」をしばしば命令形で用いるのは読者との関係であることも、そうした感じを醸し出す一因かもしれない。

　数少ない先行研究［文献16］が示唆しているのは、これら四つの詩篇が、聖書など随所からキリスト教の教義を要約・引用し、バスク語に置き換えたものだということである。実際、②「十戒」はその典型であるし、③「最後の審判」には黙示録のイメージや終末思想の色合いが濃厚に漂っている。では、エチェパレ自身の政治的・宗教的立場はどうだったのか。一方には、エチェパレがエラスムスの『教会和合回復論』（一五三三年）や『死の準備について』（一五三四年）などから、大きな影響を受けていたとする見解がある。聖母マリアに対する思慕の情や、天国と地獄の二元論を呈し、煉獄の存在に触れていないことなどから、プロテスタントに理解を示しつつ、カトリック教会内の改革を目指そうとする姿勢だったというのである［文献20、21］。他方には、エチェパレは、ジャン・ド・ジェルソンJean de Gerson（一三六三～一四二九年）などの、中世末期の神秘思想の影響をより深く受けている、とする見解がある。例えば、①「キリスト教の教え」の中の「三つの真理」などは、ジェルソンの『魂の鏡』の文章に類似していることなどが指摘されている［文献16、57］。

前者の見解は、どちらかというと印象に基づく内容の解釈に終始しており、牽強付会の説を成しているきらいがあるのに対し、後者の解釈は、具体的な字面の比較から引き出されており、より客観的で説得力があるように思える。しかし、いまだ決定的な見解はなく、読者は各自の感性と想像力に任せて自由に鑑賞すればよいだろう。

最後に残った詩が、⑯「ベルナト・エチェパレ殿の歌」である。この詩は、エチェパレが誹謗中傷によって無実の罪の嫌疑をかけられ、国王の命を受けてベアルン地方に出頭し、おそらく当地で投獄されたことを歌っている。ベアルン地方の裁判記録は、ナバラ王国の公文書とともに、一六二〇年に設置されたポー高等法院に保管されていたが、一七六一年の火災でほとんどが焼失した。このため、エチェパレの投獄の事実は、現在まで確認されていない。にもかかわらず、エチェパレ自身の経験に基づく自伝的な詩だ、というのが定説である。たしかにこの詩は、迫真力に満ちている。仮に事実を反映する詩だとすれば、いつ、どのような理由で、エチェパレは投獄されたのだろうか。

ここでも二つの説が、比較的有力である。既述したとおり、エチェパレは一五二〇年前後にドニバネ・ガラシの代理司教に任命された。任命にはバイオナ司教とカスティーリャ国王が関与した。ところが一五二〇年にはエチェパレを推挙したバイオナ司教が死去し、二三年にはエチェパレに代わる別の人物がドニバネ・ガラシの代理司教の座に就いていたのである。また、当時ガラシ地域の通行税をめぐる諍いが発生し、反カスティーリャ派の地方名望家によるエチェパレ批判とおぼしき文書が発見されている。カスティーリャ寄りと見なされていたエチェパレは、この三、四年の間に、同国と政治的・宗教的に対立していたフランス国王との連携を模索中だったナバラ国王アンリ二世(一五〇三～五五年)のもとに告発されたのではないか、というのが一つの説である[文献33、81]。しかし、当時まだ若かったアンリ二世のナバラは、摂政政治下にあった。そしてまた、アンリ二世がベアルン地方にじっくりと居を構えるようになったのは、一五四一年の秋以降のことである。そこでもう一つの説は、エチェパレの投獄が一五四一年から『バスク初文集』出版の一五四五年の間に起こったとする[文献21、41]。ところが、この時期のアンリ二世は、フランスの支援をもはやあてにできず、カスティーリャとの関係改善を模索しつつあったから、カスティーリャ寄りの言動を理由にエチェパレを投獄するということは考えにくい。

このように、有力とされる二つの説のいずれも、決定的な根拠を欠く。新たな史料の発見でもないかぎり、事実の解明はされないだろう。だが、むしろ定説に反して、この詩を、事実に基づいたフィクションと見なすことはできないだろうか。実際、エチェパレの同時代人には、マルグリット・ド・ナヴァールの庇護を受けたクレマン・マロ Clément Marot（一四九六［七］～一五四四年）など、投獄された経験をもとにして作詩した詩人が少なからずいたのである。

以上、一八の詩篇について、訳者の推測を交えて、鑑賞の取り掛かり口を提示してきた。

『バスク初文集』に対する評価は、一九世紀半ばに同書が「再発見」されて以来、否定的なものから肯定的なものまで、多種多様な形でなされてきた。じつはエチェパレをめぐっては、いくつかの争点がある。エチェパレの聖職者としての立場はカトリックかプロテスタントか、彼の政治的立ち位置はカスティーリャ寄りかフランス寄りか、民衆的詩人か高踏的詩人か、中世の詩人か近代の詩人か。結論的なことを先回りして述べるならば、時代が下るとともに、それぞれの争点において前者から後者へと評価の重心が移行し、それとともに肯定的な評価が否定的な評価を上回るようになってきた、と言えよう。

一九六〇年代以前の『バスク初文集』に対する評価は、どちらかというと否定的であった。その主だった理由は、一つには、低ナバラ（低ナファロア）方言で書かれたバスク語による表記や表現が稚拙であるからであり、もう一つには、愛の諸相を歌った詩の中に散見される世俗的で直截な表現内容が一聖職者の筆にしては破廉恥だから、というものであった。事実、こうした評価者の大半は言語学者か聖職者であった［文献7、44、62］。ところが、エチェパレがバスク語表記法の整備を意識していたらしいことが昨今の研究によって主張され、一六世紀のヨーロッパ詩文学において、愛についての直截な表現がごく一般的に行われていたことが知られるにつれて、これらの否定的な評価は、今日覆されつつある。また、バスク語の擁護と普及を鼓舞・称揚した二篇の詩が、『バスク初文集』の積極的意義づけに決定的だったことは、繰り返し述べたとおりである。しかし、政治的・宗教的言説については、分量的に『バスク初文集』の大半を占める重要なパーツであるにもかかわらず、近年まで本格的な研究が行われることがなかった。この部分の研究が進展することによって、『バスク初文集』の作品全般に対する評価が今後大きく変わることは、十分あり得るであろう。

エチェパレが『バスク初文集』を書いた動機が、どの程度、純粋な言語愛に基づくものだったのかはよくわからない。バスク語を最初に印刷しようという、単に世俗的な名誉欲によるものだったのかもしれない。だが、単に印刷しようというだけの動機であれば、みずからの詩でなく、代々バスク語で歌い継がれてきた民衆歌謡を印刷すれば事足りたはずである。エチェパレは、序文で明言したとおり、バスク語でもほかの言語と同様に、種々多様なジャンルの事柄を書くことができるのだ、ということを示したかった。序文は散文で、残りの詩篇は韻文で、それぞれ書き綴られ、デクラマティオを意識したり、対話形式の詩を書いたり、ロンドーやスタンザを導入したりと、『バスク初文集』は、小冊ながらも、珠玉の逸品をちりばめた玉手箱のようですらある。もっとも、このことが、逆に同書全体の統一感を欠かせたことは否めないのであるが。

逆説的な言い方だが、決定的な解釈に乏しい分、エチェパレを鑑賞する方法は多彩であってよい。あえて指摘するとすれば、『バスク初文集』を読み解く一つの鍵概念は、「いま」現在であろう。彼の詩篇には、過去ないし未来との対比における「いま」という言葉が随所に現われている。訳者は、中世から近代への橋渡し役としてのエチェパレの姿を連想してしまう。しかしエチェパレ、いや『バスク初文集』は、後継の作品を生まなかった。『バスク初文集』は、たとえバスク語文学の門出として象徴的な意欲作であったとしても、そういう意味では孤高の詩集であった。

エチェパレの受容と制度化

エチェパレの『バスク初文集』は、その遠大な意図にもかかわらず、同時代人に対して大きな影響を与えることがなかった。バスク語で印刷された次なる書物は、フランスのラ・ロシェルで一五七一年に刊行された『新約聖書』のバスク語訳である。その訳者ヨアネス・レイサラガ（一五〇六～一六〇一［?］年）は、エチェパレについて何ら言及していない。また、同書におけるバスク語表記は、エチェパレのバスク語表記と必ずしも共通点があるわけではない。さらに、一五三三年生まれのモンテーニュは、ボルドー高等法院に奉職し、当地の市長を務めるなど、ボルドーとの縁が深いだけでなく、ナバラ王族との人脈も築いたが、訳者の知るかぎり、エチェパレについて何も語っていない。さらにまた、ピレネーの南側において、ドン・キホーテをして「ビスカヤ人〔バスク人のこと〕がビスカヤ方言で書いたからといって、そのことで軽蔑されるいわれは寸毫もない」（『ドン・キホーテ』後篇第一六章、一六一五年）と語らせた〔文献25〕セルバンテスも、エチェパレを示唆する文章を残していない。

たしかに一七世紀前半のバスク人の中には、エチェパレの『バスク初文集』に留意する者が若干いた。一人は、歴史家のロペ・デ・イサスティ Lope de Isasti（一五六五〜一六二六年）で、その著書『ギプスコア史概要』（一六二五年）において、エチェパレの名前を引用している〔文献34〕。もう一人は、法律家にして詩人であったアルノー・オイヘナルト Arnauld Oihénart（一五九二〜一六六八年）である。彼は、一六六五年の日付が入った手稿の中で、フランスのルーアンにおいて『バスク初文集』の異本が出版されたことを書き残している。しかし、イサスティの著書は一八五〇年になるまで刊行されなかったし、オイヘナルトのこの手稿が発見されたのは一九六〇年代のことであった〔文献39〕。そして異本の存在は、現在まで確認されていない。

事実、一七世紀半ばから一九世紀後半までの二〇〇年の間、エチェパレはバスク語の文筆家からも忘れ去られてしまう。一七世紀半ばには、フランス領バスク地方を中心にバスク語による文学活動が胎動し、バスク語散文の古典とされるアシュラルの『あとで』を筆頭に、上質な文学作品がいくつか生まれていった。しかし、誰一人として、エチェパレに言及する者はなかったのである。この間、文字にされなかったバスク民謡が世代を超えて歌い継がれてきたことを想えば、活版印刷術を用いて「バスク語よ、世界に出でよ」と呼びかけたエチェパレの作品が忘却されたことは、何とも皮肉であった。[*15]
転機は一九世紀半ばである。ヨーロッパを席巻したロマン主義文学は、ヨーロッパの「内なる異郷」として、近代文明の悪弊に侵されていない牧歌的な社会をバスクの土地に見いだそうとしていた。また、比較言語学の発展とともに言語の語族分類が進む過程で、周囲のインド＝ヨーロッパ語族と言語構造がまったく異なるバスク語に対する注目は、いちだんと高まりつつあった。そうした中、『バスク初文集』は、ボルドー近郊で初等教育視学官を務めていたアルチュ Archu なる人物のフランス語訳を伴って、一八四七年にボルドー・アカデミーの機関紙に掲載された［文献2］。こうして、同書は一九世紀後半から二〇世紀初頭にかけて、西ヨーロッパの言語学者や文献学者の関心を一気に集めたのである。主な名前を挙げると、フランス人のフランシスク・ミシェル Fransisque Michel、ジュリアン・ヴァンソン、ルイ・ボナパルト公、ドイツ人のヴィクトル・シュテンプフ Victor Stempf、フーゴ・シューハルト Hugo

＊15　例えば、個々の詩に表題を付すというエチェパレの行為は、二〇世紀になるまで、バスク語文学において、およそ踏襲されなかった。伝統的詩歌や一九世紀末のバスク語詩人たちの詩には、表題が付されなかった。詩の出だしの文言が自動的に表題とされていたのである。

Schuchardt、エルンスト・レヴィ Ernst Lewy、オランダ人のヴィレム・ヤン・ファン・アイス Willem Jan van Eys、イギリス人のエドワード・ドッジソン Edward Dodgson といった面々である。

アルチュの翻訳は精度を欠いていたが、以後『バスク初文集』の再版や翻訳が、バスク語研究者の手によって相次ぐ。例えば、一八七四年にヴァンソンの支援を受けてバイオナ（フランス語でバイヨンヌ）で翻訳出版された二〇六部［文献3］はすぐに売り切れ、一八九三年にシュテンプフの編集のもとにボルドーで再版されている［文献4］。このほか、断片的な翻訳や解題が各国の学術誌に発表されていった。まだファクシミリ技術が一般に普及していない時代であったから、原典を書き写して印刷に回していた。そのため、校正ミスも散見された。また、多くが言語学的関心から出版され、必ずしも文学作品として読まれることを前提としていなかった。その点、一九三三年にフリオ・デ・ウルキホ Julio de Urquijo（一八七一〜一九五〇年）が『国際バスク研究ジャーナル』に掲載した論文「『バスク初文集』への誘い」［文献59］は、原典のファクシミリ・コピーを転載［文献5］したうえで、言語学的関心のみに限定せず、より広範な視点に立って、今日のエチェパレ研究の基本的視座を築いたと言える。

ウルキホの問題意識に反応したのは、言語学者のルネ・ラフォンやピエール・ラフィット Pierre Laffite、あるいは作家のジル・ライヒャー Gil Reicher のような、フランス側のバスク研究者たちであった。スペイン側では一九三六年に三年に及ぶ内戦が勃発し、研究どころではなくなったからである。中でもラフォンとライヒャーは、第二次世界大戦の戦禍を乗り越え、『バスク初文集』のフランス語訳とその解題をはじめ、豊富な知見と広大な視野を背景にした協同作業を相互補完的に進めていたが、一九五〇年代を最後に未完に終わっている。しかもライヒャーの業績［文献51、52］は、近年になるまでほとんど省みられることがなかった。第二次世界大戦のナチの記憶がまだ鮮明だった当時、「一にして不可分の」共和国フランスにおいて、民族性を標榜しかねない言動はタブー視されていた、という風潮が影響していたかもしれない。

一方のスペイン側では、内戦が終わるや、四〇年にわたるフランコ独裁下にあった。バスク語の使用は公的空間から駆逐され、サラマンカ大学やバスク語アカデミーにおける研究対象としてのバスク語が、わずかに公的存在を認められたにすぎなかった。こうして、エチェパレの『バスク初文集』は、一六世紀のバスク語低ナバラ（低ナファロア）方言の貴重な標本として重宝がられたものの、文学作品としての評価は概して低かった。公的な高等教育機関を有さなかったバスク地方では、知識人の多くを男性のカトリック聖職者が担っていた。彼らは、既述したように、低ナバラ方言や世俗的な愛の描写に顔をしかめたのである。たしかに、コルド・ミチェレナ Koldo Mitxelena、ルイス・ビリャサンテ Luis Villasante、パチ・アルトゥナ Patxi Altuna のようなバスク語アカデミー会員であった言語学者の業績は、『バスク初文集』の解題として無視できないし、事実、バスク語学の基本的二次資料としての地位を築いてきた。しかし、この時期の彼らの文学史的解釈は、往々にして、ヨーロッパのルネサンスや宗教改革という文脈と切り離し、スペイン一国史の枠組みに固執していたり、ともすれば、一六世紀フランスの特認制度のような社会史的背景を無視した曲解を呈していたりするのである。

ところがこうした動向とは別に、一九六〇年代半ば以降、エチェパレの名は、バスク民衆に広く知れ渡った。この時期、フランコ独裁下のバスク地方では、バスク語の復権に向けた社会運動が盛り上がりを見せていた。一九六八年が大きな転機である。バスク語アカデミーがバスク語の共通書き言葉の制定を提唱するかたわら、スペイン語とフランス語の対訳付きの『バスク初文集』が、一般向け単行本としてドノスティア（スペイン語でサン・セバスティアン）で刊行

1968 - URRILLAK, 6 ZERUKO ARGIA

EUSKAL LIBURU-SORTA BARRI BAT: "TXERTOA"

Lenengo liburua:

"1545. BERNAT DECHEPARE. OLERKIAK"

Zorionezko ezaugarria dala benetan euskal-jakintzaren onerako, deritzaiot, urteotan agertzen jakuzan euskal liburu-sorta barriak.
(Egia esan, eritzi gogor-pean iñor ez da imiñi bear, askatasuna dalako gizonaren lenengo eskubidea, baiña argitaldari barrie nbatek argitaratu deuskuzan liburu batzuk ikusi ta gero eskubide pixka bat badaukagula usted ot, jakintsuen argibide zintzupean jarri bear leitzakezala, agertu diran moduan liburu batzuk moldiztegira emon aurretik, esateko).

Sorta barri bat agertzen jaku orain: «TXERTOA». Bide onetik datorrela deritzait. Garrantzi aundiko eginbideak eskeintzen deuskuz, zentzutasunezko indar on baten ezabideagaz.
Gure euskal literaturan orainarte ezagutzen dogun lenengo liburuagaz asten jaku «Txertoa-Sorta»: Detxepareren «Linguae Vasconum Primitiae» izenagaz ezagutzen dogun olerki-sorta liburuagaz.
Milla, bosteun eta berrogeta bosgarren urtean agertu zan lenengoz liburu au, danok dakigunez. Orretan gagoz beintzat. Ainbat argitaraldi euki daus gero.
Mitxelena irakslearen itzaurre luze ta sakon bategaz agertzen da oraingo argitaraldi au. Aita Akesolo karmeldarrak gaztelaniara egin daben itzulpena be badakar. Baita Bordeleko Unibersidadean irakasle dan René Lafonek prantzeseratu ebana be bai. Ez da, ba, I. P. V. olerkien beste argitalpen barri bat bakarrik oraingo au. Mundu guztiko jakintsuen eskuetara joango da, darolazan itzulpenai ezkerrak. Ordua da kanpoerrietako iritzi-emotailleen aurrean ipinteko gure literatura dana, zarra eta oraingoa, eta itzulpenen bitartez ezin bear dana da ori. Gure artekoak zer esan dabeen badakigu Detxeparen olerkien ganean. Esaterako: Urkijo, Schuchardt, Van-Eys, Manterola, Allende-Salazar, Francisque-Michel, Orixe, Aristimuño, Lafitte, Gil-Reicher, Lafon, Vezrin, Estornes Lasa, Irigaray, Biriatu, Jon Etxaide, Onaindia, Mitxelena, Villasante, Akesolo, Zaharra, Sarasola, Ziessemer... eta besteak. Itxaron daigun orain zer esaten deuskuen orain gure kulturatik kanpokoak. Mundu guztiko literaturetako lorate-sortaetan aipatzeko neurririk emongo ete-deutsee gure Detxepareri? Baietz uste dot nik, bere mailla bat badaukala, olerki batzuetan.
Badauko lodi-betetasuna Mitxelenaren itzaurreak, eta irakurgarria da. Utzik eta galtzerik ez daukon saloa da. Euskal-Kultureagaz zer ikusi aundiak daukozan gaiak ikusten dauz. Gure literatura zarraz eta gaurkoaz esaten ditu bereak. Astiro irakurri ta gogoan artzeko itzaurrea da. Mitxelenaren beste salo baiño geiago diran moduan.
Nik eztakit erabakita dagoan ala ez Detxepareren arlo bat. Auxe da: Erdi-Arokotzat ala Renazimendukotzat artu bear ete-dogu «Linguae Vasconum Primitiae»-ren egillea? Renazimenduaren erdian ikusten dabenen bat be aurkitu dot. Detxepareren arloan, liburua inprentaratzen bakarrik ikustenten dabela berak. Renazimendu aldetik esan deuste beste batek. Biak dira goimaillakoak gure irizlarien artean. Renazimenduaren indarrak eraginiko Erdiaro beranduko lora bat dala deritzaiot gure Detxepare. Dana dala, ikusiko dogu zer diñoskuen itxaroten gagozan irizlariel.
Zorionak emon bearrean gagoz emon deutzeezal. Mailla oneko liburuak etorriko ei-dira gero. Barandiaran-Joxe Mielen La Tumba Sorta barri au asmau eta abialdia Vasca dator urrengokoa. Eta beste batzuk: Karrikaburu, Ayalde, eta beste euskal idazle on batzuen idazlanak.
Asken bako urteetarako bizitza opa deutzagu «TXERTOA» Sorta barriari, Euskal-Kulturaren onerako.

N. SOLOETA-ASTARBE.

図５：スペイン語とフランス語の翻訳を伴った『バスク初文集』の再刊を報道する記事（『天の光 Zeruko Argia』紙、1968年10月６日付）。［萩尾撮影］

されたのである［文献6］（図5）。わけても「コントラパス」は、バスク語復権運動を支える象徴的な詩として脚光を浴びた。この詩は、弾き語り詩人のシャビエル・レテ Xabier Lete によって親しみやすいメロディーを付けられ、一九七四年にレコード録音されるや（図6）、バスク民衆の心の琴線に触れることになる。さらにフランコ体制瓦解後の七七年には、トラッド・バンドのオシュコリ Oskorri が『ベルナト・エチェパレ殿１５４５』と題するレコードを発表し（図7）、エチェパレの詩は、本人が意図していたように、舞踏音楽とともにバスク民衆に受け入れられていった。ちなみにこの時期、一九七五年の日本においても、堀田郷弘によって、『バスク初文集』の序文と、「コントラパス」、「サウトゥレラ」、エピグラフの日本語訳が実現している*16［文献32］。

その後、バスク自治州の設置に伴ってバスク語とスペイン語の二言語主義が導入されるなど、

図6：シャビエル・レテの LP『シャビエル・レテ』（1974年）。［萩尾所蔵。写真は CD 盤］

図7：オシュコリの LP『ベルナト・エチェパレ殿1545』（1977年）。［萩尾所蔵。写真は CD 盤］

スペインの民主化が深まっていくと同時に、ヨーロッパ統合の文脈において言語的・文化的多様性の保護・尊重が高唱される中で、一九九五年、バスク語アカデミーは、『バスク初文集』出版四五〇周年を記念して、同書の多言語訳を刊行した〔文献11〕。原典のファクシミリ転載、バスク語転記、そしてスペイン語、英語、フランス語、ドイツ語、イタリア語による翻訳が、一冊にまとめられたのである。こうして、バスク語は、これまたエチェパレの願いどおり、西ヨーロッパの「大言語」と肩を並べるまでになった。

ただし、この書籍は好評を博して増刷されたものの、原典尊重の観点からするといささか問題があった。なぜなら、原典のファクシミリ転載と称しながら、原典に押されている歴代図書館の検印が消去されていたうえ、原典表紙の木版画であるキリスト磔図が、何らの説明なしに色鮮やかに着色されて表紙に使用されたからである。しかも裏表紙には、『バスク初文集』の原典が一〇〇ページを超す書物であるかのようなイメージ写真が掲載され、読者に誤解を与えかねない代物となっている。さらに同書は、原典に収められた詩篇を一五に区分して詩番号を振ったほか、改行の仕方を統一して行番号を振るなど、『バスク初文集』の制度化を推し進めようとした。その結果、一九九七年のアルメニア語訳をはじめ、その後刊行された外国語訳は、すべからくこのバスク語アカデミー版の構成を踏襲している。二〇一二年に米国のネヴァダ大学出版局から発行された英訳版〔文献13〕は、色刷りのキリスト磔図の表紙まで、そっくり受け継いでいるのである。

そうした経緯を横目に、一冊だけ生き永らえた『バスク初文集』は、二〇一一年の二月から三月にかけて、初めてスペイン領バスク地方に運び込まれた。バスク自治州の州都ビトリア＝ガステイス市にある州議会図書館が、フランス国立図書館の協力を得て、『バスク初文集』の原典を一般公開したのである（図８）。同書は、照明を暗く落とした州議会図書館の一室に、「コントラパス」のページを見開いた状態で、ガラスケースの中に厳かに展示されたのであった。

バスク自治州議会とバスク語アカデミーの発案によるこの企画は、その後新たな展開を見せている。まず、同じ二〇一一年に、上記の一九九五年の各国語翻訳版の体裁を一新し、原典を補正せずにデジタル印字したうえで解題・解説を付し、ハードカヴァーの立派な単行本として刊行された［文献12］。そして二〇一三年には、原典のバスク語転記のほか、ガリシア語、カタルーニャ語、ルー

図８：2011年にスペインのバスク自治州議会図書館で開催された展覧会「バスク語よ、広場に出でよ」のパンフレット。［萩尾所蔵］

＊16　今日では、フランスのバイオナ（フランス語でバイヨンヌ）市に、エチェパレの名前を冠したリセ（日本の高等学校に相当）が存在する。エチェパレの名前が一般市民にまで知られるようになった証しだろう。

図9：バスク自治州議会とバスク語アカデミーによる『バスク初文集』の多言語翻訳版（2013年）の表紙。［萩尾所蔵］

マニア語、中国語、ケチュア語、アラビア語への翻訳が刊行されたのである［文献14］（図9）。この企画の仕掛け人であるバスク語アカデミー事務局長のシャビエル・キンタナ Xabier Kintana によれば、日本語、アイヌ語をはじめ、世界の少数言語を含めたおよそ三〇前後の言語への翻訳作業を数年計画で進めているという。ところが、本計画に基づく『バスク初文集』の多言語翻訳版は、市販される予定が当初なかった。バスクの土地を訪れる外来の賓客に対して、バスク語アカデミーないしバスク自治州議会が贈呈するための書物として製本されたのである。こういうわけで、アカデミーや州議会の書庫や陳列棚に収められたこれらの多言語翻訳版を目にしたことのあるバスク人は、地元でも少ない。さすがに、エチェパレの本来の意図から逸脱していないか、との意見が出たのか、二〇一四年秋以降、市販されるようになっている。

　最後に、エチェパレの企図に沿った事業が今日展開していることは、指摘しておく価値があろう。バスク自治州政府の主導のもと、二〇〇七年に設置されたエチェパレ・インスティテュートのことである。この組織は、バスク語とバスク文化の対外普及を目指す。世界には、ブリティッシュ・カウンシル、ゲーテ・インスティテュート、セルバンテス文化センター、孔子学院など、自国の国家公用語とその文化を対外普及する使命を帯びた公的性格の強い団体が存在する。が、サブ・ナショナルな公的単位が、国家公用語でない言語を国境を越えて対外的に普及するという試みは、まだまだ事例が少なく、その代表例がこのエチェパレ・インスティテュートである。[*17] 同インスティテュートは、バスク語文学の外国語への翻訳を助成するほか、バスク文化の海外での興行（音楽、演劇等）を支援する。また、二〇一四年現在、シカゴ大学、ベルリン自由大学、モスクワ大学、メキシコ国立自治大学、ヘルシンキ大学など、世界の三〇を超す大学と協定を結んで、バスク語・バスク文化の講座を開講している。[*18] ここには、海外における「親バスク派」を醸成するとともに、バスク地方の対外イメージを好転させようという明確な意図がある。そしてまた、高度な学問と上質な芸術を通して、バスク語とバスク文化の真髄を追及・表現し、それに対する誇りを育もうという意気込みすら窺える。

エチェパレの蒔いた種は、四五〇年を超す歳月を経て、芽ばえ、葉づき、ようやく花を咲かせようとしている。

＊17　もう一つの代表例として、カタルーニャ語・文化の対外普及を目指すラモン・リュイ・インスティテュートがある。
＊18　二〇一四年にエチェパレ・インスティテュートは、アジア初の提携大学として、日本の東京外国語大学と協定を締結した。

おわりに

二〇〇四年、マドリードにおいて、ファン・ペレス・デ・ラサラガ Juan Pérez de Lazarraga（一五五〇頃～一六〇五年）なる人物の断片的手稿が発見された。[*19] そこには、バスク語による個人的なメモが所狭しと書き綴られていた。驚くべきことに、メモの中には、小説の草稿とおぼしき文面すら確認されたのである。日付は一五六四年から六七年の間であることが判明しており、『バスク初文集』の次に出版されたバスク語の書物である『新約聖書』の翻訳（一五七一年）よりも早い時期のものである。このことは、一六世紀半ば頃には、バスク語で読み書きするという行為が、ピレネーの南側のバスク地方にもある程度広まっていたことを意味するだろう。そしてまた、バスク語で創作活動を行おうとした人びとの存在も、同様である。

この先、新たな史料が発見されるようなことがあれば、「バスク語を用いてまとまった作品を書き綴った最初の人間」というエチェパレの栄えある地位は、崩れ落ちるかもしれない。しかしながら、「活版印刷術を用いてバスク語による活字本を刊行した最初の人間」という名誉は、現存する各種出版目録等から判断するに、おそらく不動のものと思われる。バスク語文学史における決定的な転機を、明確な意思をもって生み出した人物として、エチェパレの名前と『バスク初文集』は、人びとの記憶に永らく刻まれていくことだろう。

引用・参考文献

【『バスク初文集』の初版、再版、翻訳（刊行年順）】

[1] Dechepare, Bernard (1545), *Linguae Vasconum Primitiae*, Bordeaux.
[2] Etxepare, Bernard (1847), *Poésies basques de Bernard Dechepare, recteur de Saint-Michel-le-Vieux / publié d'après l'édition de Bordeaux, 1545, et traduites pour la première fois en français*, Actes de l'Académie de Bordeaux, T. IX, Henry Faye, Bordeaux.
[3] Etxepare, Bernard (1874), *Poésies basques de Bernard Dechepare d'Eyheralarre (Province de Basse-Navarre)*, Nouvelle Edition, absolument conforme à la première de 1545, Bayonne, P. Cazals, Bayonne.
[4] Etxepare, Bernard (1893), *Poésies basques de Bernard Dechepare*, Nouvelle Edition conforme à la première de 1545, Bayonne, Imprimerie F. Destouesse, Bordeaux.
[5] Etxepare, Bernard (Dechepare) (1933), *Linguae vasconum primitiae per Dominum Bernardum Dechepare Rectorem sancti michaelis veteris*, *Facsímile de la edición de 1545*, Tirada aparte de la

＊19 スペイン領バスク地方アラバ県出身の領主であったようだが、その生涯についてはほとんどわかっていない。彼の手稿は電子データ化され、インターネット上で閲覧可能である。http://lazarraga.gipuzkoakultura.net/

Revista Internacional de Estudios Vascos, Año 27, Tomo 24, no.4, Octubre-diciembre de 1933.
[6] Dechepare, Bernat (1968), *Olerkiak*, Edili, San Sebastián.［スペイン語とフランス語の翻訳付き］
[7] Echepare, Bernard (1980), *Linguae vasconum primitiae (Edizio kritikoa)*, Patxi Altunak paratua, Mensajero, Bilbao.
[8] Dechepare, Bernat (1982), *Olerkiak. Poesias. El primer libro impreso en euskara. Edición en euskera y castellano del primer libro impreso en euskera en 1545*, Larrun S.A., San Sebastián.
[9] Echepare, Bernard (1987), *Linguae Vasconum Primitiae (Edizio kritikoa)*, Patxi Altunak paratua, Euskaltzaindia, Bilbo.
[10] Etxepare, Bernard (1995), *Linguae Vasconum Primitiae 1545-1995, Lehen euskal liburu inprimatua*, Euskaltzaindia, Bilbo.［スペイン語、英語、フランス語、ドイツ語、イタリア語の翻訳付き］
[11] Detxepare, Bernard (1995), *Linguae Vasconum Primitiae, Edición bilingüe*, Orain, Egin biblioteka.
[12] Etxepare, Bernard (2011), *Linguae Vasconum Primitiae 1545-2011*, Euskaltzaindia / Eusko Legebiltzarra, Vitoria-Gasteiz.［スペイン語、英語、フランス語、ドイツ語、イタリア語の翻訳付き］
[13] Etxepare, Bernard (2012), *Linguae Vasconum Primitiae. The First Fruits of the Basque Language, 1545*, Center for Basque Studies, University of Nevada, Reno.
[14] Etxepare, Bernard (2013), *Linguae Vasconum Primitiae 1545-2013*, Euskaltzaindia / Eusko Legebiltzarra, Vitoria-Gasteiz.［ガリシア語、カタルーニャ語、ルーマニア語、中国語、ケチュア語、アラビア語の翻訳付き］

【『バスク初文集』とバスク文学史（西仏文学史を含む）】

[15] Aldekoa, Iñaki (2008), *Euskal literaturaren historia*, Erein, Donostia.

［16］—— (2010), "Bernard Etxepare: «Doctrina Christiana» y poesía amatoria", *ASJU*, XLIV-2, pp. 1–40.
［17］Arcocha-Scarcia, Aurélie (1996a), "Bernat Etxeparekoaren maitasunezko kopletaz (I)", *Sancho el Sabibo* 6, pp. 211–234.
［18］—— (1996b), "Un texte inédit de René Lafon et Gil Reicher sur le *Linguae Vasconum Primitiae* (1545)", *Lapurdum* I, pp. 87–119.
［19］—— (2005), "Les *Linguae Vasconum Primitiae* de Bernard Dechepare (Bordeaux, 1545)", Jean-François Couronau, Jean Cubelieral Philippe Gardy (eds.), *Les voix de la nymphe aquitaine. Écritures, langues et pouvoirs. 1550–1610*, Centre Matteo Bandello, Agen, pp. 117–132.
［20］—— (2008), "*Linguae Vasconum Primitiae*-ren peritestualitateaz eta euskararen gramatizazioaren primiziaz", *ASJU*, XLII-2, pp. 1–68.
［21］Arcocha-Scarcia, Aurélie & Oyharçabal, Beñat (2012), "The Sixteenth Century: The First Fruits of Basque Literature", Olaziregi, Mari Jose (ed.), *Basque Literary History*, Center for Basque Studies, University of Nevada, Reno, pp. 69-87.
［22］Ariztimuño, José de (1933), "El primer renacentista y poeta euskeldun", *Yakintza* I, pp. 120–130.
［23］Berriochoa, Valentin (1962), "Escritores vascos, Bernat d'Echepare (S. XVI)", *BAP*, Año XVIII, Cuaderno 3°, pp. 311-322.
［24］Cervantes, Miguel de (1982), *Novelas ejemplares*, Edición de J. B. Avalle-Arce, Castalia.（牛島信明編訳『セルバンテス短篇集』岩波文庫、一九八八年）
［25］—— (1987), *Don Quijote de la Mancha*, Edición de Vicente Gaos. 3 tomos, Gredos, Madrid.（セルバンテス作・牛島信明訳『ドン・キホーテ　後篇（一）』岩波文庫、二〇〇一年）
［26］Hagio, Sho［萩尾生］（1993）「バスク語よ、世界に出でよ！——バスク文学の門出」『出版ダイジェス

ト』50号、一九九三年七月一一日、出版梓会。
[27] Haritschelhar, Jean (1990), “Kontrapas, étude littéraire”, Patxi Altunari omenaldia, *Mundaiz* No. 5, Donostia, pp. 159-168.
[28] —— (2002a), “Défense et illustration de la langue basque au XVIe siècle: la *Sautrela* de Bernat Echapare”, *Hommenage à Jacques Allières, I. Domaine basque et pyrénéen*, Biarritz, Atlantica, pp. 119-127.
[29] —— (2002b), “Ezkonduien koplak (Etxepare 1545)”, *Lapurdum* VII, pp. 237-246.
[30] —— (2003), “Emazteen fabore”, *Iker* 14 (II), Euskaltzaindia, Bilbo, pp. 113-124.
[31] —— (2011), “Amorosen disputa”, *Euskera* 56, 3, Euskaltzaindia, Bilbo, pp. 833-846.
[32] Hotta, Satohiro [堀田郷弘]（1975），「BERNAT ECHEPAREKOA の『LINGUAE VASCONUM PRIMITIAE』（一五四五年）について」『人文科学論集』市邨学園短期大学人文科学研究会、第16／17合併号、二四一～二五九ページ。
[33] Huarte, José María de (1926), “Los primitivos de euskera. Dechapare y su tiempo”, *Euskaleriaren Alde*, Año XVI, Núm. 271, pp. 241-249.
[34] Isasti, L. [1625] (1850), *Compendio historial de la M. N. y M. L. Provincia de Guipuzcoa*, Ignacio Ramón Baroja, Donostia.
[35] Juaristi, Jon (1987), *Literatura vasca*, Taurus, Madrid.
[36] Kintana, Xabier (2011), “Bernart Etxepare: Bizitza eta lana garai hartako testuinguruan”, Etxepare, Bernard, *Linguae Vasconum Primitiae 1545-2011*, Euskaltzaindia/Eusko Legebiltzarra, Vitoria-Gasteiz, pp. 15-32.
[37] —— (2013), “Euskarari munduko ate-leihoak zabalduz”, Etxepare, Bernard, *Linguae Vasconum*

Primitiae 1545-2013, Euskaltzaindia/Eusko Legebiltzarra, Vitoria-Gasteiz, pp. 17-54.
[38] Kortazar, Jon (1997), *Euskal literaturaren historia txikia. Ahozkoa eta klasikoa (XVI-XIX)*, Erein, Donostia.
[39] Lafitte, Pierre (1967), "Quand parut la deuxième édition de «LINGUAE VASCONUM PRIMITIAE»?", *Gure Herria* 39, pp. 348-350.
[40] Lafon, René (1951), "La langue de Bernard Dechepare", *BAP* VII, pp. 309-338.
[41] —— (1952), "Notes pour une édition critique et une traduction française des Linguae Vasconum Primitiae de Bernard Dechepare", *BAP* VIII, pp. 139-180.
[42] —— (1957), "Sur la versification de Dechepare", *BAP* XIII, pp. 387-393.
[43] Michel, Francisque [1853] (1983), *Le Pays Basque, sa population, sa langue, ses moeurs, sa littérature et sa musique* (reprinted), Elkarlanean, Donostia.
[44] Michelena, Luis (= Mitxelena, Koldo) [1960] (2001), *Historia de la literatura vasca* (reprinted), Erein, Donostia.
[45] —— (1964), *Textos arcaicos vascos*, Ediciones Minotauro, Madrid.
[46] Olaziregi, Mari Jose (2012) (ed.), *Basque Literary History*, Center for Basque Studies, University of Nevada, Reno.
[47] Oroz Arizcuren, Francisco J. (2008), "*Linguae Vasconum Primitiae:* ¿1545? hurgando en una resolución del parlement de Bourdeaux y en *debile principium melior fortuna sequatur*", *Iker* 21, Euskaltzaindia, Bilbo, pp. 431-473.
[48] Orpustan, Jean-Baptiste (1996), *Précis d'histoire littéraire basque 1545-1950. Cinq siècles de littérature en euskara*, Nouvelle édition augmentée et corrigée, Izpegi, Baigorri.

［49］Oyharçabal, Beñat (2008), “Ohar bat literatura historiografiaz: B. Echepare Erdi-Aroko autore?”, *Iker* 21, Euskaltzaindia, Bilbo, pp. 491–521.
［50］Rabelais (1994), *Œuvres complètes*, édition établie, présentée et annotée par Mireille Huchon, avec la collaboration de François Moreau, Gallimard, coll. Pléiade, Paris.（フランソワ・ラブレー著、宮下志朗訳『パンタグリュエル――ガルガンチュアとパンタグリュエル2』ちくま文庫、二〇〇六年。同『第三の書――ガルガンチュアとパンタグリュエル3』ちくま文庫、二〇〇七年）
［51］Reicher, Gil (1957), “Le grand poète basque Bernard Dechepare. Que sait-on de la vie de Bernard Dechepare?” *Gure Herria*, 1957-eko Uztarila, pp. 33–49.
［52］―― (1958), “Bernard Dechepare a-t-il subi des influences littéraires?”, *Gure Herria*, 1958-eko Azaroa, pp. 311–317.
［53］Sarasola, Ibon (1976), *Historia social de la literatura vasca*, Akal, Madrid.
［54］Satake, Kenichi［佐竹謙一］(2009),『概説スペイン文学史』研究社。
［55］Saulnier, Verdun.-L. (1957), *La littérature française de la Renaissance*, 4ème éd., P.U.F., Paris.（ヴェルダン＝ルイ・ソーニエ著、二宮敬・荒木昭太郎・山崎庸一郎訳『十六世紀フランス文学』白水社、一九九〇年）
［56］Urkizu, Patri (1999), “Bernard Lehete, euskal mezenas bat Bordelen XVI. Mendean” *Lapurdum* IV, pp. 107–114.
［57］―― (2012), “Bernat Etxeparen bizitza-garaiaz albiste gehiago eta Linguae Vasconum Primitiae (1545) -ren berrirakurketa”, *ASJU*, RLLCGV, XVII 2012, pp. 203–224.
［58］Urquijo, Julio de (1907), “El proceso de Dechepare”, *RIEV* 1, pp. 369–381.
［59］―― (1933), “Introducción a nuestra edición del《Lingvæ Vasconvm Primitiæ》de Bernard

Dechepare", *RIEV* 24, pp. 660–684.
［60］Urrutia, Andres (1996), "Bernat Etxepare: el poeta de una lengua sin estado", Aulestia, Gorka (ed.), *Los escritores. Hitos de la literatura clásica euskérica*, Besaide bilduma No. 7, Fundación Sancho el Sabio, Vitoria-Gasteiz, pp. 85–112.
［61］Veyrin, Philippe [1943] (2012), *Les Basques. De Labourd, de Soule et de Basse Navarre. Leur histoire et leurs traditions* (reprinted), Éditions Cairn, s.l.
［62］Villasante, Luis (1979), *Historia de la literatura vasca*, 2.a edición revisada y completada, Editorial Aranzazu, Burgos.
［63］Vinson, Julien (1891, 1898), *Essai d'une bibliographie de la langue basque*, J. Maisonneuve, Paris.

【一六世紀西欧を中心とする書物の社会史】

［64］Armstrong, Elizabeth (1990), *Before Copyright: The French Book-Privilege System 1498–1526*, Cambridge University Press, Cambridge.
［65］Catach, Nina (1969), "L'orthographe de la Renaissance à Bordeaux", *Bulletin de la Société des Bibliophiles de Gironde* 89, janvier-juin, 1969, pp. 102–130.
［66］Cerquiglini, Bernard (2004), *La genèse de l'orthographe française (XIIe–XVIIe siècles)*, Unichamp-Essentiel, Honoré Champion, Paris.
［67］Chartier, Roger (1992), *L'Ordre des livres. Lecteurs, auteurs, bibliothèques en Europe entre XIVe et XVIIIe siècle*, EHESS, Paris.（ロジェ・シャルチエ著、長谷川輝夫訳『書物の秩序』ちくま学芸文庫、一九九六年）
［68］Davis, Natalie Zemon (1987), *Fiction in the Archives: Pardon Tales and Their Tellers in Sixteenth-*

Century France, Stanford University Press, Stanford, California.（N・Z・デーヴィス著、成瀬駒男・宮下志朗訳『古文書の中のフィクション――一六世紀フランスの恩赦嘆願の物語』平凡社、一九九〇年）
［69］Desgraves, Louis (1968a), *Études sur l'imprimerie dans le Sud-Ouest de la France aux XVe, XVIe et XVIIe siècles*, Amsterdam, Erasmus.
［70］―― (1968b), *Répertoire bibliographique des livres imprimés en France au seizième siècle*. 1re Livraison 24. Bordeaux, Libraire Heitz, Baden-Baden.
［71］―― (1995), *Dictionnaire des imprimeurs, libraires et relieurs de Bordeaux et de la Gironde (XVe - XVIIIe siècles)*, Bibliotheca Bibliographica Aureliana CXLV, Éditions Valentin Koerner, Baden-Baden & Bouxwiller.
［72］―― (1998), *Le livre en Aquitaine, XVe-XVIIIe siècles*, Atlantica, Centre régional des lettres d'Aquitaine, Biarritz.
［73］Febvre, Lucien & Martin, Henri-Jean [1958] (1999), *L'apparition du livre*, Postface de Frédéric Barbier, Albin Michel, Paris.（リュシアン・フェーヴル、アンリ＝ジャン・マルタン著、関根素子・長谷川輝夫・宮下志朗・月村辰雄訳『書物の出現』上／下、筑摩書房、一九八五年［一九七一年の原典第二版からの翻訳］）
［74］Genette, Gérard [1987] (2002), *Seuils*, Essais, Éditions du Seuil, Paris.（ジェラール・ジュネット著、和泉涼一訳『スイユ――テクストから書物へ』水声社、二〇〇一年）
［75］Miyashita, Shiro［宮下志朗］（1989),『本の都市リヨン』晶文社。
［76］―― (1997),『ラブレー周遊記』東京大学出版会。

【一六世紀のバスク地方／ナバラの歴史】

[77] Bard, Rachel (1982), *Navarra: The Durable Kingdom*, University of Nevada Press, Reno.（レイチェル・バード著、狩野美智子訳『ナバラ王国の歴史——山の民バスク民族の国』彩流社、一九九五年）
[78] Cabourdin, Guy et Viard, Georges (2012), *Lexique historique de la France d'Ancien Régime*, 3ème édition, Armand Colin, Paris.
[79] Garmendia, Pedro (1934), "Trajes vascos del siglo XVI", *RIEV*, Tomo XXV, pp. 274-282, pp. 521-524.
[80] Goyhenetche, Jean (= Manex) (1993), *Les Basques et leur histoire. Mythes et réalités*, Donostia/Baiona, Elkar.
[81] —— (1999), *Histoire générale du Pays basque, Évolution politique et institutionnelle du XVIe au XVIII siècle*, Tome II, Elkarlanean, Donostia.
[82] Jimeno Jurío, José María (1997), *Navarra. Historia del euskera*, Txalaparta, Tafalla.
[83] Narbaitz, Pierre (1978), *Nabarra ou quand les Basques avaient des rois*, Zabal, Pampelune-Bayonne.
[84] Watanabe, Kazuo［渡辺一夫］［1972］（1988），『戦国明暗二人妃』中公文庫。

『バスク初文集』の韻律・表記・音声について

吉田浩美

はじめに

ベルナト・エチェパレによる『バスク初文集』は、序文の前にある印刷職人と読者へ向けてのラテン語による注釈、バスク語による序文、本篇とも言うべきバスク語による一八の詩、フランス語による奥付から成る。一八の詩は次のとおりである。①「キリスト教の教え」、②「十戒」、③「最後の審判」、④「祈り」、⑤「恋人たちへの訓え」、⑥「女に対する擁護」、⑦「夫婦の詩」、⑧「密かに恋をする者」、⑨「恋人たちの別れ」、⑩「妬み深い恋人」、⑪「口づけを求めて」、⑫「求愛」、⑬「恋人たちの諍い」、⑭「凶運とともに立ち去りなさい」、⑮「かたくなな恋人の仕打ち」、⑯「ベルナト・エチェパレ殿の歌」、⑰「コントラパス」、⑱「サウトゥレラ」。

本稿では、バスク語で書かれている部分に焦点を当て、その表記と音声について述べる。詩に関しては詩型・韻律についても述べる。

各詩の詩型と構成について

詩型については、次のように何とおりかが見られる。

まず、①「キリスト教の教え」から⑩「妬み深い恋人」までの詩、⑮「かたくなな恋人の仕打ち」、⑯「ベルナト・エチェパレ殿の歌」、⑱「サウトゥレラ」の構成は、一五音節を一行とし、一つの詩節は多くは四行から成るが、一行、五行、六行の場合もある。この一五音節は、意味の上から「八音節＋七音節」という構成になるのが普通である。また、一行の最終音節で脚韻を踏むが、最終音節のみならず、最後の二音節で押韻することもある。
⑪「口づけを求めて」もほぼこの構成であるが、アルトゥナ〔文献1〕によると、「この詩の最後の節は二行から成るが、その一行目は一六音節、二行目は一六音節とも一五音節とも数えられる」。
⑫「求愛」は、一四音節一行（意味の上からは「七音節＋七音節」という構成）と一五音節一行（既述のとおり、意味の上から「八音節＋七音節」という構成）の二行からなる節と、一六音節二行から成る節（意味の上からは「八音節＋八音節」という構成）が混在している。その現われ方に規則性は見られないようだ。
⑬「恋人たちの諍い」と⑭「凶運とともに立ち去りなさい」は、一行一一音節の構成となっ

ている。これは意味の上からは「六音節＋五音節」という構成となる。
⑰「コントラパス」は、他の詩に比べ不規則な構成となっている（詳細は後述）。
以下にそれぞれの詩が何行・何節から成り、どう構成されているかを示す。例えば「四行×五節―五行×二節」は「四行からなる節が五節続き、その後五行から成る節が二節続く」ことを表わす。

①「キリスト教の教え」
（書き出しの部分）[*1] 四行×五節（全五節）。
「夜に」　四行×一節（全一節）。
「朝に」　四行×一節（全一節）。
「墓地で」　四行×一節（全一節）。
「洗礼盤」　四行×一節（全一節）。
「聖体」　四行×一節（全一節）。
「十字架」　四行×一節（全一節）。
「聖母マリア」　四行×二節（全二節）。
「聖人に」　五行×一節（全一節）。
「日曜日の祈り」　六行×二節―四行×二節―五行×一節―四行×一節―五行×二節―

四行×二節―七行×一節―四行×三節―五行×三節―四行×五節―五行×一節―四行×四節（全二七節）。
「死に抗うための武器」　四行×一節（全一節）
「第一の真理」　四行×一節（全一節）
「第二の真理」　四行×一節（全一節）
「第三の真理」　四行×一節（全一節）
（見出しなし）[*2]　四行×一節―五行×一節―四行×一節―五行×一節（全四節）
②「十戒」　一〇行×一節―二行×一節（全二節）
③「最後の審判」　五行×一節―四行×二節―五行×一節―四行×五節―六行×一節―四行×二節―六行×二節―四行×三節―五行×三節―四行×三節―五行×二節―四行×四節

＊1　①「キリスト教の教え」の部分は小見出しの付いた長短の詩から成るが、最初の四節から成る部分にはとくに小見出しが付いていないので、ここでは便宜上、カッコ付きで「書き出しの部分」とした。
＊2　この部分は「第三の真理」の続きのように見えるが、内容的には「第一の真理」から「第三の真理」までをまとめるものであると言える。このことから、ここでは見出しなしの別のまとまりとして、このように記した。なお、「第一の真理」からこの部分の終わりまでを「死に抗うための武器」の一部とする見方もある［文献10］。

—五行×一節—四行×四節—五行×一節—四行×二節（全三七節）。
④「祈り」　四行×一五節—二行×一節（全一六節）。
⑤「恋人たちへの訓え」　二行×一節—四行×三節—五行×一節—四行×四節—五行×一節—四行×一節—六行×一節—四行×一節—五行×一節—四行×二節—六行×一節—四行×二節—六行×一節—四行×一節—六行×二節—四行×八節—六行×一節—四行×一節（全三三節）。
⑥「女に対する擁護」　二行×一節—四行×一六節（全一七節）。
⑦「夫婦の詩」　二行×一節—四行×四節—六行×一節—四行×四節（全一〇節）。
⑧「密かに恋をする者」　四行×七節（全七節）。
⑨「恋人たちの別れ」　二行×一節—四行×七節（全八節）。
⑩「妬み深い恋人」　二行×一節—四行×六節—六行×一節（全八節）。
⑪「口づけを求めて」　四行×四節—五行×一節—二行×一節（全六節）。
⑫「求愛」　二行×二四節（全二四節）。
⑬「恋人たちの諍い」　二行×一節—四行×一八節（全一九節）。
⑭「凶運とともに立ち去りなさい」　四行×一節（全一節）。
⑮「かたくなな恋人の仕打ち」　四行×一四節（全一四節）。
⑯「ベルナト・エチェパレ殿の歌」　二行×一節—四行×五節—六行×一節—四行×三節—

六行×一節―四行×二節―五行×一節―四行×八節―六行×一節―五行×一節（全二四節）。
⑰「コントラパス」　この詩は特殊な形式を持つ。大きくは次の（A）、（B）、（C）の三つの部分に分けられる。（A）Heuſcara（バスク語）という語とそのあとに続く七音節一行の詩句、（B）Heuſcara（バスク語）という語、（C）四行から成る一節。（C）の一行目は、節により七音節の場合と八音節の場合がある。それに対し、二行目は七音節、三行目は八音節、四行目は七音節である。これらの三つの部分が、（A）―（C）―（A）―（C）―（A）―（C）―（A）―（C）―（B）―（C）―（B）―（C）―（B）―（C）―（A）の順で並んでいる。また、一行が短いためか、この詩だけは二段組みで印刷されている（「コントラパス」については二三〇ページの原文を参照されたい）。
⑱「サウトゥレラ」　一行×一節―四行×四節―二行×一節（全六節）。

脚韻について

詩はすべて、節ごとに同じ脚韻を踏む韻文である。すなわち、一五音節四行の詩節では、基本的に各行最終音節（または最後の二音節）で韻を踏むので、四行が同じ脚韻で終わることになる。次の節ではまた別に韻が踏まれる。

脚韻には、「厳密な脚韻」と、「母音だけを揃える脚韻」とがある。「厳密な脚韻」とは、例えば、③「最後の審判」の第三節は一五音節四行から成るが、各行の文末の語は、gucieta*ric*（すべての〜から）／vildu*ric*（集められて）／gabe*ric*（〜なしで）／yqharatu*ric*（怯えて）と、いずれも最後の一音節が -ric に終わる語で揃えられている。

また、①「キリスト教の教え」の中の「日曜日の祈り」の第一六節は一五音節五行から成るが、各行の文末の語は、beq*hatu*（罪悪）／hond*atu*（壊れる）／guard*atu*（護る）／barq*hatu*（許す）／beq*hatu* であり、これらの語末は、-atu という部分が共通である。-atu は二音節であるので、最終音節だけでなく最後から二番目の音節までも押韻していることになる。二音節以上にわたって押韻するのはより高度な技であると言える。

これに対し、「母音だけを揃える脚韻」とは、次のようなものである。①「キリスト教の教え」の「日曜日の祈り」第三節は一五音節四行から成るが、各行末の語は、ordu*ya*（時）／guci*az*（すべて）／sayndu*yac*（聖人）／fini*an*（最後に）であり、それぞれの最終音節を見ると、-*ya*、-*az*、-*yac*、-*an* となっており、押韻されていないように見える。しかし、これら四語の最終音節では母音aが共通している。すなわち、aに子音が後続して -*az*、-*ac*、-*an* となってはいるが、最終音節の母音aが揃っているわけである。これが「母音だけを揃える脚韻」[*3]である。ほかにも、③「最後の審判」の第三三節に見られる vegui*ac*（目）／adi∫quidi*ac*（友人）／glori*an*（栄光において）／handi*an*（大きな〜において）、⑮「かたくなな恋人の仕打ち」の第二節に見られる gaber*ic*（〜なしに）／ʃegur*qui*（確かに）／n*ic*（私が）／harga*tic*（そのために）も同工異曲のもので、このタイプの押韻は随所に見られる。
⑰「コントラパス」においては、Heuʃcara（バスク語）に始まる一行は、すべて -ra に終わる。四行から成る七つの節においては、最初の二行のみ脚韻を踏んでおり、三行目と四行目は押韻されていない（二三〇ページの「コントラパス」原文を参照）。
脚韻の中でもっとも多いのは、a である。例えば、erran*a*（言ったこと）／duyen*a*（持っているもの）／denbor*a*（時間）／beharr*a*（必要）（⑨「恋人たちの別れ」第六節）や、hiç*a*（語）／borthiç*a*（激しい）／vihoç*a*（心）／gorpuç*a*（身体）（⑬「恋人たち諍い」第九節）などに見られるようなものである。前者では最終音節の最後の母音がすべて a であり、後者では、最終音節がすべて -ça となっている。最終音節の母音だけでなく「子音＋母音」の単位を揃える方がより困難であることは言うまでもない。a の脚韻が多いのは、名詞・形容詞の絶対格単数形という使用頻度のたいへん高い語形が a に終わることから、自然なことと言える。ほかにも母音の a に終わる語尾は多く、例えば、方格形も nygana（私の方へ）、mundura（世へ）など、a に終わる語尾を持つ。また、çurequila は çu（あなた）に共格語尾が付いたもので、これも a に終わる。

＊3　以下、詩の原文から語、語句、文を引用する場合は、エチェパレが原文の中で用いているいわゆる「ロングS」は、当時の活字では f によく似ているが、本稿では ʃ で代用する。

ａの後ろになんらかの子音が続く語形も多い。例えば、azpian、lurrian はそれぞれ azpi（下）、lur（地上）の位置格単数形であり、語尾は -an という「ａ＋子音」に終わる。arimaz、eʃcuyaz はそれぞれ arima（魂）、eʃcu（手）が具格語尾を伴った形であり、語尾は -az という「ａ＋子音」に終わる。また、baʃcoac は baʃco（バスク人）の能格単数形または絶対格複数形で、語尾は -ac という「ａ＋子音」に終わる。このような「ａ＋なんらかの子音」に終わる語や、ａに終わる語を組み合わせることにより、「母音だけを揃える脚韻」が可能となる。

次に目立つのは、-ic に終わる押韻である。これも、分格語尾、副詞を作る語尾、奪格語尾、動機格語尾など、多くの形に共通した音であるので、押韻し易いものであると言える。例を挙げよう。eʃcapaceric は eʃcapace（逃れること）＋分格語尾 -ric、vilduric は vildu（集まる）＋様態を表わす語尾 -ric、zerutic は zeru（天）＋奪格単数語尾 -tic、iyeincoagatic は iyeinco（神）＋動機格単数語尾 -agatic という語構成であるが、すべてに -ic という語末の音が共通している。当然、これらと、ʃegurqui（たしかに）、ebaxi（盗む）などｉに終わる語を組み合わせて「母音だけを揃える脚韻」を踏むことも可能である。

また、ｕによる押韻も多く見られる。これは動詞に多く見られる。例えば、動詞の完了分詞は eʃcatu（頼む）、galdu（失う）など、-tu や -du に終わるものが多く、助動詞や動詞の活用形も、du[*4]（彼がそれを～する）、duçu（あなたがそれを～する）、dakizquigu（私たちがそれらを知っている）など、ｕに終わるものが相当ある。

次に多いのは母音のeあるいは「e＋子音」に終わる脚韻である。eに終わるものの多くは、dute（彼らがそれを～する）、daquite（彼らがそれを知っている）など助動詞・動詞の活用形であるが、もちろん名詞や形容詞もあり、しかも、er*e*（～も）／bater*e*（まったく～［ない］）／amor*e*（愛）／dolor*e*（苦痛）（⑨「恋人たちの別れ」第六節）など、最終音節の「子音＋母音」の部分が揃っているものも見られる。「e＋子音」の多くは-enである。aufarcen（あえて～する）、eguiten（する）などの-cen、-tenは動詞の不完了分詞語尾、vciren（捨てる）、egonen（いる）などの-ren、-enは動詞の未来分詞語尾、berceren（もう一方の）などの-renは所有属格語尾、またçuten（彼らがそれを～した）など、-enに終わる助動詞の活用形も多い。ほかに、具格語尾-ezによる脚韻が一カ所だけある。⑩「妬み深い恋人」の第七節に見られるnyg*arrez*／veldu*rrez*／veha*rrez*／ada*rrez*は、それぞれnygar（泣き）、veldur（恐れ）、vehar（必要）、adar（角）に具格語尾が付いた形で、-ezだけでなく-rrezの部分が揃えられている。節を構成するすべての行末を具格語尾で揃えて脚韻を踏んでいる箇所はここだけである。

母音のoによる押韻はわずか二カ所にすぎない。一つは、handiag*o*（より大きい）／guehiag*o*（もっと）／batendac*o*（一つの～のために）／dag*o*（それがある）（⑥「女に対する擁護」第一〇節）。

＊4　三人称の訳語としては適宜、彼（ら）、それ（ら）としているが、これらはすべて、彼（ら）、彼女（ら）、それ（ら）のいずれでもあり得る。

これは一見、語末のｏのみによる押韻に見える。しかしじつは、ｏの前の子音のｇとｃは、前者は有声音、後者は無声音であるという違いを除き、その他の音声的特徴を一つとする、音声学的にきわめて類似性の高い子音であり、さらにその前の母音ａも一致しているので、事実上、終わりの二音節を揃えていると言える。ほかにｏによる脚韻は、*vego*（それは留まれ）／*emiago*（よりやさしく）と押韻している二行から成る一節があるのみである（⑪「口づけを求めて」第六節）。

表記について

ベルナト・エチェパレによる本作品は、一六世紀のバスク語で書かれている。しかも、当時はいわゆる「標準語」など定まっていないから、そのバスク語はエチェパレ自身の方言である。彼の出生地のバスク語も、司祭として勤務していた土地のものも、東低《ひがしてい》ナファロア方言に属すると考えられている。

また、当然、正書法も確立されていなかったので、エチェパレは独自の「個人的正書法」というか、いわば「私家版綴り方」を用いて書いたわけである。

綴りと発音に関しては、本篇の「序文」の前に、ラテン語で「印刷工と読者におかれては、ｚがｍの代わりに決してなりえないことと、ｉの直前のｔをｃのように発音しないことに注意されたい。（以下略）」との注釈がある。

この中の、「zがmの代わりに決してなりえない」の部分は、読者へというよりも印刷工へ向けての文言であると言えるが、かなり奇異な感じを与えるのではないかと思う。私たちにとってはzがmの代わりになり得ないというのは、あまりにも自明のことだからである。しかし、印刷業者が目にする原稿は手書きのものであるわけだが、手書きのmもzも、さまざまな字体が確認されており、互いに酷似している字体も見られるのである［文献7］。また、互いに互換性があった時代もあったとする説もある［文献8］。ともあれ、エチェパレはzとmを明確に区別したかったので、印刷業者が任意にzとmを入れ替えないようにこのような注釈をつけたのであろう。

また、エチェパレが用いている綴りでは、現代の共通バスク語（いわゆるバスク語の標準語。[*5]以下、「共通バスク語」とする）でも使われている文字である：i、e、a、o、u、b、d、g、p、t、f、h、r、l、n、ñ、m、s、z、x、ts、tzも使われているが、共通バスク語では用いられないv、y、q、c、ç、ch、活字としてはfによく似たいわゆる「ロングS」、また、e、a、uの上に˜が付いたものも使われている。共通バスク語で使われるkはいっ

＊5　バスク語アカデミーにより、一九六〇年代に整備が始まった。主にギプスコア方言とラプルディ方言をベースとして、名詞・形容詞・動詞・助動詞の活用形を定め、語彙については各方言の特徴を尊重しあらゆる語を採用している。バスク語でeuskara batua［エウスカラ・バトゥア］と称する。

さい使われていない。

音声について

エチェパレが話していたバスク語の音声（発音）については、かなりの程度推定することはできるが、あくまで「推定」であり、音源が残っていない以上、細部にわたって正確なことを述べることはできないだろう。

ここでは、ラフォン［文献4］の説を紹介することとする。ラフォンの説に加え、※のあとに訳者の説明・解説を適宜加えて記述する。

ラフォンは、まず、総論として次のようなことを述べている［文献4、七三二〜七三三ページ］。

（1）ian、iura、iende、gende、gin などの語頭のi、gの音価はよくわからない。
※ここで言っている語頭のgとは、母音のiまたはeの前のgに限られる。
（2）deusere、causa、graciosa[*6] などに見られる母音間のsは有声音だったのだろうか？
（3）fauore、deuot-、salua などの借用語に使われているuであるが、エチェパレのバスク語においてこの文字が表わす音は、明らかに「両唇摩擦音」であっただろう。
※このuは借用元の言語ではvを表わすものである。

その上で、ラフォンは次のような音を認め、「現代の綴り字で示す」として、列挙している〔文献4〕。それを次ページの【表1】にまとめたが、ここでは「綴りで用いる文字」と「音声を表わす字母」を区別するために、後者をイタリックで示す。また、音について訳者の解説を付す。なお、表中の下線部は、字母によらず説明的に挙げられているものである。

音と綴りの関係について

ラフォンは、次の音に関しては、綴り字としても同じ字母が使われる、としている〔文献4、七三三ページ三一行〜三四行〕。すなわち、母音の*a*、*e*、*o*は、a、e、oと綴られる。以下同様に、二重母音の*eu*、子音の*p*、*t*、*th*、*d*、*g*、*m*、*f*、*l*、*h*も音を表わす字母と同じ字母で綴られる。また、*r*と*rr*については、綴り字のrrは母音間のみに現われ、rは語頭、母音間、子音の直前、語末に現われるとしている。これらが表わす音は、母音間のrと語末のrは*r*、語頭・子音の直前・語末のrは*rr*を表わすとしている。すなわち、語末には綴り字とし

＊6　エチェパレの原文では、sの代わりにロングSが用いられているが、ラフォンはsに転写して引用している。

【表１】

◇ 単母音：*i*、*e*、*a*、*o*、*u*
　　現代バスク語においてi、e、a、o、uで表わされる音。
◇ 二重母音：*ei*、*ai*、*oi*、*ui*、*au*、*eu*
◇ 半母音：*y*、*w*
◇ 子音：
▼ *p*、*t*、*k*；*b*、*d*、*g*：破裂音のグループ。現代バスク語のp、t、k；b、d、gの字母が表わす音。
▼ *ph*、*th*、*kh*：無声有気音のグループ。破裂音の*p*、*t*、*k*を発する際に息が漏れる。
▼ *m*、*n*、軟口蓋鼻音：鼻音のグループ。現代バスク語のm、nの字母が表わす音。軟口蓋鼻音は、*g*の直前に現われnで示される音、としている。
▼ *f*、*z*、*s*、*x*、有声音の*s*[*7]、有声両唇摩擦音：摩擦音のグループ。*f*、*z*、*s*、*x*は現代バスク語のf、z、s、xの字母が表わす音。有声音のsとは、母音間で有声化する*s*のこと。fauore、saluaなどの借用語で用いられるuの音は有声両唇摩擦音であるとしている。
▼ *tz*、*ts*、*tx*：破擦音のグループ。現代バスク語のtz、ts、txの綴りが表わす音。
▼ 側面音の*l*と、その口蓋化した音：前者は現代バスク語のl、後者はllの綴り字が表わす音[*8]。
▼ *r*、*rr*：ラフォンはおのおの“vibrante douce”、“vibrante forte”と呼んでおり、いわゆる「はじき音のr」「ふるえ音のr」に相当すると推定し得る。
▼ *h*：「有気音であるが、その調音点[*9]も調音法[*10]も決定できない」としている。

てはｒが用いられるが、その音は*r*も*rr*もあり得るということであろう。

次に、【表2】にまとめた音は、複数の綴りを持っているもの――すなわち、音と綴りの関係が一定でないもの――、または注意を要するものである。以下、【表2】に、各音がどのような綴りに対応しているか、ラフォンによる記述〔文献4、七三三～七三四ページ〕を示す。同時に、▶の後に訳者による用例を、※の後に訳者による解説・補足を記す。

表記と音をめぐる考察と想像

〈ttとllについて〉

序文の七行目末に lettratu（博識な）という語があり、ここに tt の綴りが見えるが、これについてラフォン〔文献4、七三五ページ〕では「lettratu、apellacia（呼びかけること）などに見ら

＊7　ラフォンは、文献4、七三二ページ三六行～三七行では「有声音だったのだろうか？」と疑問符付きで述べているが、ここでは有声化するものとしてこのように挙げている。
＊8　現代バスク語では、iの直後のlも*ll*のように発音されることがある。
＊9　言語音を発する時に用いる身体部分（舌、歯、唇、歯茎、口蓋など）。
＊10　言語音を発する時のやり方。例えば、「唇を閉じてから一気に開放して息を放出する」、「舌の先の部分と歯茎の間に狭い隙間を作りそこから息を通す」など。

15. *g*：（i）*e*、*i* の前で gu。▶ guiçon「男」、guero「あとで」。
（ii）その他は g。▶ *a*、*o*、*u* の前：sugar「炎」、gogo「思い」、gure「私たちの」。子音の直前：segretu「秘密」。
16. *n*：普通は n で表わされるが、まれに母音の後の n を、当該の母音の上に ~ を付すことによって表わしている。▶ mūdu（= mundu）「世界」、cāpora（= canpora）「外へ」、nõ（= non）「どこ」、pẽʃatu（= penʃatu）「考える」。
17. *z*：（i）*e*、*i/y* の前で c。▶ cinex「信じる（語幹）」、ceru「空」。
（ii）*a*、*o*、*u* の前で ç。▶ gauça「もの、事」、guiçon「男」、çure「あなたの」。
（iii）子音の前と語末では z。▶ azquen「最後の」、goyz「朝」。
（iv）まれに母音の前でも z。▶ plazer「喜び」、arrazoin「道理」。
18. *s*：（i）語末では s。▶ amoros「恋人」。
（ii）母音間で ʃ または ʃʃ。▶ ioʃʃi「縫い付ける」、deʃira「望み」。ただし、既述のとおり、母音間の s は有声化していたのでは、と述べている。
（iii）子音の前では ʃ。▶ baʃcoac「バスク人たち」。
※子音の後でも ʃ が使われる。penʃatu「考える」。すなわち、子音と母音の間では ʃ。
（iv）語頭ではどちらも現われるが、その語が文頭に立つ時は大文字の S、文中に現われる場合は ʃ が使われる。
※例えば、「給料」を表わす語は、文頭では Soldata、文中では ʃoldata と綴られている。
19. *x*：ch または x。▶ ichil / ixil「静かな」。
20. 口蓋化した *l*：ill または ll。▶ abantailla / abantalla-「有利」。
21. *tz*：*z* に対する綴りと同様に綴られる。ただし、序文と、最後の二つの詩では tz が見られる。▶ cerbiça- / cerbitza-「奉仕する（語幹）」、-ceco / -tzeco「～するために」、-cen / -tzen（動詞不完了分詞の語尾）、baçu / batzu「いくつかの」、aycin / aitzin「前」。
22. *ts*：ts、x、まれに stz。▶ gaycetsi / gaycexi「憎む」、onhestz / onhexi「愛する」（前者は語幹、後者は完了分詞）。
23. *tx*：ch または tch。▶ echia / etchia「家」。

【表2】

1．*i*： i または y で表わされる。▶ ifernu / yfernu「地獄」。
2．*u*：（i）語頭では v。▶ vʃte「思う」、vci「捨て置く」、vnʃa「良く」。
（ii）それ以外では u。▶ auʃarcen「敢えて行う（不完了分詞形）」、eʃcu「手」。
3．*y*：（i）母音間では y。▶ exaya「敵（絶対格単数形）」。
（ii）子音と母音の間では i や e による。▶ eguitia「行うこと」、partea「部分」。
※アルトゥナ［文献1］によると、それぞれ “eguitya”、“partya” のように発音される。
4．*w*：o または u による。▶ gogoa「思い」、saynduac「聖人」など、それぞれ “gogwa”、“sayndwac” のように発音される［文献1］。
5．*ai*：ai、ay ▶ gaixoa / gayxoa「あわれな」。
6．*ei*：ei、ey ▶ erideiten / erideyten「見つかる（不完了分詞形）」。
7．*oi*：oi、oy ▶ engoitic / engoytic「今から」。
8．*ui*：uy ▶ huyn「足」。
9．*au*：au、ao ▶ haur「子ども」、gaoaz「夜に」。
※これは “gawaz” のように発音されることから、ao の部分は *au* であるとみなされる。
10．*eu*：eu*[11] ▶ heuʃcara「バスク語」。
11．*k*：（i）*e* と *i* の前では qu。▶ yguzquia「太陽」、ezquer「左」。
（ii）その他は c。▶ *a*、*u*、*o* の前：heuʃcara「バスク語」、nolaco「どのような」、icuʃ「見る（語幹）」。子音の直前：secretuqui「密かに」、語末：doctoriac「博士」。
（iii）語末では q もある。▶ apezeq「司祭（能格）」。
12．*ph*：pph ▶ apphur「わずか」、apphez「司祭」。
※ phorogatu「証明する」、phundu「点」など、ph の綴りもあるが、これの音価についてはラフォンは言及していない。
13．*kh*：qh、または（*a*、*u*、*o* の前で）cc。▶ beqhatu / beccatu「罪悪」、leqhu「場所」、vqhen「持つ」、qhondaceco「語るために」。
14．*b*： b または v。▶ berce / verce「もう一つの」、begui / vegui「目」。

れるような語中の二重子音（それぞれの tt、ll の部分）は、バスク語では認められず、したがって（二重子音としての）発音を反映しているものではない」[*12]としている。すなわち、lettratu は借用語[*13]であることであろう（ちなみに、二つとも借用語であるから）。ただし、apellacia については、【表2】を見ると、「口蓋化した *l* は il または ll で表わす」となっているので、apellacia の ll は口蓋化した *l* なのではないか、との疑問も湧くが、借用元の言語で *l* であり、音もそのまま借用したものであれば、口蓋化していなかっただろう。

〈ʃciencia、excelente など〉

これらはいずれも借用語であり、借用元の言語の綴り字のまま取り入れたものであると考えられる。したがって、ʃciencia の ʃc-、excelente の xc は、いずれも【表2】に挙げられた「綴りと音の関係」には合致しない可能性が高いと思われる。ʃciencia の ʃc はおそらく、あたかも *siencia* か *ciencia* と綴った場合のような音、excelente の exce- の部分はおそらく、あたかも *ecce-* あるいは *esce-* と綴った時のような音であった可能性も捨て切れない。なお、最初の詩篇のタイトルである“Doctrina Christiana”の Christiana に見られる ch も「綴りと音の関係」には合致しないものと考えられるが、これは借用語と言うよりも、ラテン語として用いていると考えられる（本のタイトルもラテン語である）。

〈ʃperança、ʃcriba- などについて〉

バスク語では語頭の「s＋子音」という繋がりは許されないが、これはエチェパレの時代もそうであったようだ。だが、本篇全体を通じて、ʃperança（希望）、ʃcriba-（書く）など、「s＋子音」で始まる語が数カ所に見られる。これらの発音について、アルトゥナ［文献1］は次のように説明している。例えば、④「祈り」の四一〇行目に見られるʃperançaは、次のような行に現われる（語頭にあるので、ʃでなくsで書かれている）。

Sperança oʃʃagarri eta ʃaluamenduya（希望　健康　そして救済）

この行は一五音節から成るはずのものであるが、このままでは一四音節である。そこで、三音節であるʃperançaは、三音節であってはならず、eʃperançaと、語頭にeを付した形で四音節に発音されていたはずであると断言している。

＊11　二重母音*eu*に関しては、つねに音を表わす字母と同じ字母で綴られている、と言っているのだから、ここにこの例を挙げる必要はないはずだが、ラフォンはここにも挙げている。
＊12　現代バスク語でのttの綴りは口蓋化した*t*の音を表わすが、その場合はttの後には母音が続く。
＊13　いわゆる「外来語」のこと。専門的には「借用語」と言う。

また、ʃcriba- については、⑱「サウトゥレラ」の一三行目に、ʃcribatuz[*14] という形が現われている。

Scribatuz halbalute iqhaʃteco（書くことができるなら学びたいと思うことだろう）

これも一五音節から成る行であることから、ʃcribatuz のままでは三音節であるため全体として一音節不足するので、語頭にeを付した形で eʃcribatuz というように四音節に発音されていたはずであるとしている。
しかし、一方では、⑰「コントラパス」の九行目に現われる ʃcriba については事情は正反対である。

Ecin ʃcriba çayteyen（バスク語で書くことなどできないと）

この行は七音節から成るはずのものであるが、もし母音のeを ʃcriba の語頭に付して eʃcriba と三音節語にすると全体が八音節になってしまうことから、ここは原文に書いてあるとおり ʃcriba であろう、とアルトゥナは説明している［文献1］。
なぜ、語頭にeが必要なところにeを表記しなかったのか、その真相は不明というほかない。

〈子音前鼻音の表記について〉

子音前鼻音とは、例えば英語の例を挙げると、jump、send、sense、finger などに見られるような、子音の直前に現われてｎまたはｍで表わされている音のことである。これは、どの子音の前に現われるかにより異なる音になるのであるが、これを表わす字母はｎとｍの二つにすぎない。この使い分けはというと、ｂとｐの前ではｍが使われ、その他の子音の前ではｎが使われる、というものである。これは、英語だけでなくフランス語、スペイン語など多くの言語においても同様である。しかし、現代バスク語（やそのほかの言語）では、この子音前鼻音は、ｂ／ｐの前であってもそのほかの子音の前であってもｎで綴ることになっている。例えば、ondo、ongi、denbora という具合である。では、エチェパレにおいてはどうなっているかというと、ｂ／ｐ以外の子音の前でｎが使われるのは多くの言語と同様であるが、ｂ／ｐの前では、ｍが使われたりｎが使われたりしており、その頻度を比べると、僅差でもってｎの方が優勢であると言える。内訳をみると、借用語においてはｍが若干優勢である（imprimitu（印刷する）、trompeta（喇叭）、compliceco（全うするために）、compaynia（仲間）など）。一方、固有語において

＊14　エチェパレの原文では Scribatus となっているが、ラフォン［文献6］は「正しくは Scribatuz」としている。

はnが圧倒的に優勢である（cenbatetan（何度か）、beçanbat（～と同じくらい）、cenbayt（或る～）、nonbayt（おそらく）など）が、nは借用語でも使われている。例えば、campora / canpora（外へ）、denbora / denbora（時間）はいずれも借用語だが、このように二とおりに綴られている。後者に関しては全篇を通じて計七回現われるが、そのうち六回が denbora とnによる綴りである。

〈摩擦音zと破擦音tzについて〉

摩擦音の *z*（日本語のサ・ス・セ・ソの子音とほぼ同じ音）と破擦音の *tz*（日本語のツァ・ツィ・ツ・ツェ・ツォの子音とほぼ同じ音）は、ラフォン［文献4］によると同じように綴られる（二一六～二一七ページ【表2】の17と21の記述を参照されたい）が、破擦音の *tz* に関しては、序文と⑰「コントラパス」と⑱「サウトゥレラ」においては tz による綴りも見られる。この音を tz で綴るようになったのは、エチェパレと同じ世紀に著述を行ったレイサラガ[*15]以降のことであるとされる。ラフォン［文献4］は、このことと他のいくつかの共通点から、序文、⑰「コントラパス」、⑱「サウトゥレラ」は、明らかにほかの詩よりもあとに書かれたものであろうとしている。
このことから、エチェパレでは *z* と *tz* が同じように綴られてはいるが、明らかに違う音であったことは間違いないと言える。そうなると、「明らかに異なる二つの音を、エチェパレはなんとかして綴り分けようとは思わなかったのだろうか？　あるいはそうしたいとは思ったが、方策が思いつかなかったのだろうか？」という疑問を禁じ得ない。さらにもう一つ、「後に*tz*をc／çでなく*tz*で綴ることを知った（思いついた）として、それ以前に書いた部分を訂正するということはできなかったのだろうか？」という疑問も浮かぶ。しかし、そこにどんな事情があったか、その真相は知る由もない。タイムマシンに乗ってエチェパレを訪問し、本人に尋ねてみれば案外、「いやあ、書き直そうにももう時間がなかったんですよ」などと、きわめて人間的な返事が聞かれたかもしれない。

さて、エチェパレのバスク語において、c／ç／zがどの語において*z*を表わし、どの語において*tz*を表わしていたか、ということは、当該の語の、現代バスク語諸方言に受け継がれている形をくまなく洗い出し、「内的再建」という作業を行うことにより、かなり正確なところを推定することができる。しかし、そうした手続きを行うためのデータがとりあえず手元になければ、エチェパレにおけるこの二つの音に関して言えるのは次のことである。
(i)　*t*、*k*、*p*（すなわち無声破裂音）の前のzは*z*。これは音声学的にきわめて自然なこと

＊15　ヨアネス・レイサラガ（Joanes Leizarraga、一五〇六―一六〇一）は、エチェパレ同様、現在のフランス領バスクの人。カルヴァン派のプロテスタント教徒で、一五七一年に、『新約聖書』を初めてバスク語に翻訳し出版した。

である。
(ii) cerbiça-／cerbitza-（奉仕する（語幹））、-ceco／-tzeco（〜するために）、-cen／-tzen（動詞不完了分詞の語尾）、baçu／batzu（いくつかの）、aycin／aitzin（前）のように、c／çによる綴り、tzによる綴りの両方があるものに関しては、tz。
(iii) 語頭のc／çはz。語頭にtzが立たないのは、エチェパレ以前もそうであり［文献9］、ごくわずかな例外があるものの、現在でもそうである。

〈c／çとzに関する注釈について〉


序文の前のページの上部に「（略）…また、cの下に尻尾（セディーユ）の付いたçは、母音a、o、uの前に置かれるが、これらは、ceやciにおけるcのように、zよりも若干強く発音されることにも注意されたい」というラテン語で書かれた注釈がある。この文言から、エチェパレはc／çで表わされる音とzで表わされる音がやや異なるものであると認識していたらしいということが窺える。

しかし、既述のように、ラフォンによると、c／çもzも同様に、摩擦音のzと破擦音のtzを表わすのに使われているのである。その表わす音がzであるにせよtzであるにせよ、片方がもう一方よりも「若干強く発音される」とはどういうことか。

また、「zよりもc／çが若干強く発音される」のであれば、次のようなことはどう説明すればいいのだろうか。それは、arzain／arçain（羊飼い）、vihoza／vihoça（心）、minza-／minça-（話す（語幹））、enzun／ençun（聞く）、ezarri／eçarri（置く）、-zazu／çaçu（〜しなさい）など、c／çで綴られていたり、zで綴られていたりする語があることである。同じ意味を表わし、同一のものと考えられる語（や語幹）が、c／çで綴られた時はzで綴られた時よりも若干強めに発音される、などということは到底考えられない。それでもなお「zよりもc／çが若干強く発音される」というのならば、これらをどう説明するべきか。

結論から言うと、またしてもエチェパレの真意は謎というほかない。が、憶測が許されるならば、次のようなことは想像し得る。

まず、再確認しておくと、*z*／*tz*の音を表わすc／çは母音の前でしか使われない。ラテン語のこの注釈においても「çは、母音a、o、uの前に置かれるが、これらは、ceやciにおけるcのように」と母音の前で使われるものであることが述べられている。それに対しzは、【表2】で見たとおり「語末、または子音の前」で使われるのが主で、母音の前は稀である（【表2】で例を挙げたとおり皆無ではない）。

次に、語末に現われるzの内訳を見てみると、vihoz（心）、gorpuz（体）、anhiz（たくさんの、とても）などのいくつかの語のほか、非常に頻度が高いものとして否定辞のez、そして具格語尾のzに終わる語（例えば、vistaz（目で見て）はvista（視覚）に具格語尾のzが付いたものである）が挙げられる。これらのzの音価については、vihoz、gorpuz、anhizなどのzがエチェパレの方言においてzを表わしていたかtzを表わしていたかについては一〇〇パーセントは断言できないが、否定辞のezのzと、具格語尾のzの音価が摩擦音のzであったことは、ほぼ確実ではないかと考えられる［文献7、9］。

さて、これらzに終わる語の「実際の現われ方」であるが、vihoz、gorpuz、anhizなどについては、vihozとgorpuzは名詞であるから、後ろにさまざまな格語尾や形容詞が続いて新たな語や語句を形成するので、そのzは実際には語末ではなく語中の要素として実現することの方が多く、とくに文がこれらの語で終わる頻度は高いとは言えない。一方、anhizは単独で発音されたり、この語で文が終わることも考えられるが、形容詞ならば後ろに名詞を伴い、それらとの結びつきが強くなるので、anhizのzも実際には語末ではなく語中の要素として実現することの方が多いと言える。次に、否定辞のezは、動詞・助動詞の直前に置かれることから、これのzも語中音となることが多いのだが、「いいえ」の意味で“Ez.”と単独で使うことも可能である。そしてその使用頻度はとくに話し言葉においてはかなり高いと言えるだろう。ただし、ezが文末の要素となることは稀であると言える。次に具格語尾zに終わる語であるが、これは副詞的な働きをするので単独での使用が可能であり、文の終わりに置くことも可能である（本篇には具格語尾zに終わる語が行末に来る行が一二行ある）。

以上のことから、語末のzに関しては、否定辞のezと具格語尾のzが多く、しかも、これらのzの音価は摩擦音のzであったであろうということである。

次に、子音の前のzの内訳を見てみると、ezcondu（既婚の）、iguzquia（太陽）、gazte（若い）、apezpicu（司教）などさまざまな語があるが、どの語においても、zの後ろの子音は無声破裂音（*p*、*t*、*k*）である。そして、こうした語のほかに非常に頻度が高いのが「否定辞のezに子音で始まる動詞・助動詞が後続する」という形である。これは、否定辞のezは動詞・助動詞の活用形（動詞語幹、動詞辞書形の場合もある）の直前に置かれる、という文法上の大原則によるものである。そして、現代の共通バスク語の正書法では、否定辞と動詞・助動詞などは分かち書きをするのが規則であるが、以前はあたかも一語であるかのように繋げて綴ることも多く、エチェパレもその例外ではなかった。例えば、ez + nadin（私が〜するように）はeznadinという具合に繋げて綴られる。しかも、ez + baniz（もし私が〜するなら）、ez + daquit（私はそれを知っている）、ez + guiten（私たちが〜するように）などのように、ezの後ろに有声破裂音の*b*、*d*、*g*が続くと、それらはezのzが無声音であることの影響を受け、それぞれ*p*、*t*、*k*と無声音に変わるのだが、その変化をも綴りの上に反映させ、それぞれezpaniz、eztaquit、ezquitenと綴られるのが常である。いわば「発音したとおりに」書いているわけである。また、ezの後ろにnやlで始まる活用形が続く場合は、ezのzを書かない綴り方もある。例えば、ez + nuque（私がそれを〜するだろうに）はenuque、ez＋liçate（それが〜だろう）はeliçateという具合である。これはつまり、ezの後に*n*や*l*の音が続く場合はezのzは発音されなかった、ということを意味する。*n*や*l*の前のzが発音されないという現象は、現代のバスク語諸方言でも広く見られるものである。しかし、それが元来は ez であるということは意識されていたので、eznadin、ezluque のように z を書く場合もあったということであろう。

このように、語末の z は事実上、否定辞の ez と、具格語尾 z に終わる語の出現頻度が高く、これらの音価は *tz* でなく *z* であった。そして子音前の z は *tz* でなく *z* であったり、場合によっては発音されていなかった。

ここでもっぱら母音の前で使われる c ／ ç に戻ると、繰り返しになるが、これらも、ラフォンによると *tz* と *z* の両方を表わしている。すなわち、ある語においては *tz* を、また別の語においては *z* を表わしている。この中で、不完了分詞の語尾 -cen と「～するために」を表わす語尾 -ceco は、それぞれ -tzen、-tzeco とも綴られていることから破擦音であったことが確実であるが、これらは生産性が高く、書き言葉・話し言葉の別にかかわらず、出現頻度がきわめて高いものである。そのため、語尾 -cen、-ceco は破擦音 *tz* を含むものの代表のような存在になり得、そのため、破擦音の *tz* は、綴り字 z よりも綴り字 c ／ ç とより強く結びついているという印象を与え得るものであったのでは、と想像できる。そして、破擦音の *tz* は摩擦音の *z* よりも「強い音」として耳に響くものである。実際に、今も多くのバスクの人びとは *tz* の音を「きつく響く音」であると言う。

結論を言うと、エチェパレは事実上、摩擦音の *z* を表わすことの多い z と、破擦音 *tz* を表わす場合の c ／ ç とを（意識的にか無意識にかは不明だが）念頭において、と言うか、対照して

「c／ç はzよりも若干強く発音される」と言っ（てしまっ）たのではないだろうか、というのが訳者の想像である。ここで訳者が「強く」と訳したラテン語の語は“asperius”という語で、「粗い、ざらざらした、荒れ模様の、厳しい」というような意味を持つ。これは摩擦音の *z* に対して破擦音の *tz* を形容するのにふさわしい語ではないか。ともあれ、以上はあくまで訳者の想像（憶測、空想）にすぎず、本当の真相は不明と言うほかない。

次に、同じ意味を表わし、同一のものとみなされる語（や語幹）がc／çでもzでも綴られていることをどう説明するべきか、という問題である。これに対しては筆者は今のところ二つのことを想像する。一つは、綴り字にかかわらず、その音価は各語ごとに *z* か *tz* のどちらかに決まっていたはずなのだが、綴り字を確定するに到らなかった、という想像である。同一のものとみなされる語（や語幹）が複数の綴りで綴られているケースは、エチェパレには多々見出されるので、「単なる混同」だったのではないか、ということである。c／çとzの使い方に関しては「語末と、子音の前ではzを用いる」という点だけは揺るぎないようであるが（語末や子音の直前にçを使うのに相当な違和感があったであろうことは想像に難くない。またcをこの位置に置くと *k* の音とみなされてしまう）、それ以外の位置、すなわち、子音の後、母音の前（母音の前ではほぼc／çであるが、記述のとおりzも稀に見られる）などでは、その綴り方は確定できていなかった、という単純なことではなかっただろうか。二つめの想像は、これらの語においては、実際に摩擦音の *z* で発音されたり破擦音の *tz* であったり、発音そのものが揺れていたので

「コントラパス」原文

Contrapas

Heuſcara ialgui adi cāpora

Garacico herria
Benedica dadila
Heuſcarari eman dio
Behar duyen thornuya.

Heuſcara
Ialgui adi plaçara

Berce gendec vſte çuten
Ecin ſcriba çayteyen
Oray dute phorogatu
Euganatu[*16] cirela.

Heuſcara
Ialgui adi mundura

Lengoagetan ohi inçan
Eſtimatze gutitan
Oray aldiz hic beharduc
Ohoria orotan.

Heuſcara
Habil mundu gucira

Berceac oroc[*17] içan dira
Bere goihen gradora
Oray hura iganenda
Berce ororen gaynera.

Heuſcara

Baſcoac oroc preciatzē
Heuſcara ez iaquin harrē
Oroc iccaſſiren dute
Oray cerden heuſcara.

Heuſcara

Oray dano egon bahiz
Imprimitu bagueric
Hi engoitic ebiliren
Mundu gucietaric.

Heuſcara

Eceyn erelengoageric
Ez franceſa ez berceric
Oray ezta erideyten
Heuſcararen pareric.

Heuſcara
Ialgui adi dançara.

はないか、というものである。その際、印刷物として書き残すからには著者自身の裁量でどちらかに決めても良かっただろうに、と思う向きもあるだろうが、もしかしたらエチェパレ自身、意識せずに両方の発音をしていたのかもしれない。以上のことも筆者の想像（臆測）である。これももし本人に確認することができれば、もしかしたら「ああ、スペリングがいい加減になっているところがありますよね、たしかにね……。でも、まあ、私たちの時代はほかの言語でも似た様な状況だったんじゃありませんか？　ましてバスク語でものを書いて印刷するなんて、歴史上初の試みなんですから、大目に見てやってくださいよ」などという人間くさい、愛すべき返事が返ってきたかもしれない。

いずれにせよ、エチェパレはその唯一の作品によって、現代の私たちの間に文学的興味のほかに、言語学的な関心も掘り起こしていると言えるだろう。そして何よりも、作品を読めば読むほど、「エチェパレにぜひ直接会って話してみたかった」と思わせられるのである。

引用・参考文献

［1］Altuna, Patxi, *Linguae Vasconum Primitiae : Edizio kritokoa.* (1980, Euskaltzaindia, Bilbo)
［2］Cappelli, Adriano, *Dizionario di Abbreviature Latine ed Italiane.* (Editore Ulrico Hoepli Milano,

＊16　ラフォン［文献5］によると、正しくはEnganatu。
＊17　ラフォン［文献5］によると、正しくはoro。

Milano)
[3] Lafon, René, *Le systeme du verbe basque au XVI siecle* (2 *vol.*). (1943, Publications de l'Université de Bordeaux, Argitaletxe Delmas)
[4] ——, «*La langue de Bernard Dechepare*», in *VASCONIANA*. *Iker*, 11. eds. Jean Haritschelhar Duhalde & Pierre Charritton Zabaltzagarai. (1999, Euskaltzaindia, Bilbo), pp. 729–758.
[5] ——, «*Sur la versification de Dechepare*», in *VASCONIANA*. *Iker*, 11. eds. Jean Haritschelhar Duhalde & Pierre Charritton Zabaltzagarai. (1999, Euskaltzaindia, Bilbo), pp. 759–794.
[6] ——, «*Notes pour une édition critique et une traduction des «Linguae Vasconum Primitiae» de Bernard Dechepare*», in *VASCONIANA*. *Iker*, 11. eds. Jean Haritschelhar Duhalde & Pierre Charritton Zabaltzagarai. (1999, Euskaltzaindia, Bilbo), pp. 759–794.
[7] Michelna, Luis, *Fonética Histórica Vasca. 2.a Edición, Corregida y Aumentada*. (1977, San Sebastián : Imprenta de Diputación de Guipuzkoa)
[8] Oroz Arizcuren, Francisco J, "Linguae Vascnum Primitiae: ¿1545? «Hurgando en una resolución del Parlamento de Bourdeaux y en Debile Principium Melior Fortuna Sequatur», *Iker*. 21. (2008, Bilbo : Euskaltzaindia)
[9] Trask, Robert Lawrence, *The History of Basque*. (1997, London and New York : Routledge)
[10] Hotta, Satohiro［堀田郷弘］(1975),「BERNAT ECHEPAREKOA の『LINGUAE VASCONUM PRIMITIAE』（一五四五年）について」『人文科学論集』市邨学園短期大学人文科学研究会、第16／17合併号、二四一～二五九ページ。

訳者あとがき

本書は Bernard Dechepare, *Linguae Vasconum Primitiae*, Bordeaux, 1545 の全訳である。

本書は、バスク語で印刷された最初の書物として、現在一冊のみがパリのフランス国立図書館（BnF）に保管されている。翻訳に際しては、同図書館が運営する電子図書館サイトのガリカ Gallica に公開されているデジタル・データを底本に用いた。

原典の表題はラテン語表記だが、内容はバスク語で書き綴られた詩集である。原題は「バスク人の言葉の初穂」を意味する。日本語訳に際してはいくつかの案が出されたが、先例を踏襲して『バスク初文集』とした。本書に付けられた「バスク語最古の書物」という副題は、原典にはない。

著者の名前については、今日まで統一された表記法がなく、本書ではベルナト・エチェパレと称している。その理由は、本書の中の「エチェパレ断想」において述べたとおりである。

なお、原典に収められた二、三の詩は、かつて日本語に訳されたことがあったが、作品の全訳は、本書が初めてである。

さて、私がエチェパレの『バスク初文集』に出会ってから、二〇余年の歳月が流れた。とはいえ、当時の私の関心は、もっぱら詩集の最後を飾る二篇のバスク語讃歌、「コントラパス」と「サウトゥレラ」にあった。スペインとフランスの両国にまたがるバスク語復権運動の現場に関与していた私は、一六世紀半ばに「バスク語よ、世界に出でよ」と高唱したエチェパレなる人物とその作品の今日的意義を積極的に評価し、その存在を社会に周知させようと試みていたからである。しかし当時、エチェパレに対する一般的評価は、現在ほど高くなかった。また、キリスト者でない私は、量的に『バスク初文集』の半分近くを占める「キリスト教の教え」など宗教的色合いの濃い詩を、じっくりと鑑賞することなく、何となく疎《うと》んじていたきらいがあった。本書を日本語に翻訳したいという漠然たる気持ちを当時から抱いていたものの、本腰を入れるには至らなかったのである。

やがて月日が流れ、エチェパレに対する新たな読解が多方面からなされるようになり、『バスク初文集』に対する評価は、肯定的なものが否定的なものを上回っていった。こうした時流の中で、改めて『バスク初文集』にじっくり目を通した私は、多角的な読み方を可能とするエチェパレの新鮮な魅力に、いまさらながら感動することとなった。また、ほとんど情報がないエチェパレの生涯と『バスク初文集』の刊行と保存をめぐる謎について、あれこれ推測を巡らすという新たな愉しみも得ることができた。言語・文化の多様性が積極的に評価され、「文化の力」を再評価する潮流が再び興っている現在、日本国内においては、バスク文化全般に対する関心がかつてない高まりを見せている。バスク語・バスク語文化の歴史において画期的な契機をつくりあげた『バスク初文集』の日本語訳が、日本において受容される好機ではないかと判断した次第である。

　本書は吉田浩美氏との共同作業による成果である。日本における現役のバスク語研究の第一人者である吉田氏に協力を依頼したのは、ごく自然な流れであった。作業は、初期の段階で、エチェパレ・インスティテュート、バスク語アカデミー、フランス国立図書館等との対外交渉を私が行うのと並行して、吉田氏が原典の下訳を行った。そして、本書の刊行が内定してからは、二人で何度も協議を重ねて、訳文の推敲にあたった。訳文については、擬古文体を避けて現代日本語調を基本とした。また、韻文詩としてのリズムにある程度配慮はしてあるが、むしろ意味内容の分かりやすさを優先している。もっとも、専門家の間でも解釈が分かれている箇所には、適宜訳注を施した。誤訳や誤解がないように十分注意したつもりだが、思わぬ誤謬《ごびゅう》を犯しているかもしれない。見識ある読者の叱責を待つばかりである。

　バスク語作家の文学作品の日本語訳といえば、ベルナルド・アチャガの『オババコアク』とキルメン・ウリベの『ビルバオ－ニューヨーク－ビルバオ』の二作が、これまでに国内で刊行されている。どちらもスペイン国民文学賞を受賞した秀作で、著者の手によるバスク語版とスペイン語版が存在する。アチャガの日本語訳はスペイン語版からの翻訳である。ウリベの作品は、版によって章立てが大きく異なる。その上質で洗練された日本語訳は、バスク語版を参照しているが、バスク語版の章立て構成に準じてはいない。本書の翻訳が、エチェパレの意図を汲めば当然のことながら、バスク語で書かれた原典を尊重して直接日本語に訳出されていることは、あえて強調しておきたい。

もっとも私たち訳者は、フランス語、スペイン語、英語、ドイツ語の翻訳を参照することがあった。『バスク初文集』は今日一〇を超える言語に翻訳されているが、この中では、ルネ・ラフォンによるフランス語訳が卓越した出来である。英語訳とドイツ語訳は、ラフォンのレベルには必ずしも達していないスペイン語訳に引きずられているふしがある。

なぜこのようなことにこだわるか、少し説明しておきたい。現在のバスク語の話し手は、ほぼ全員がスペイン語ないしフランス語をも話す二言語／多言語話者である。しかし、彼らとことばを交わす際、スペイン語やフランス語で話す場合と、バスク語で話す場合とでは、目の前の風景が劇的に変わるという体験を、私たちが幾度も重ねてきたからである。お互いがバスク語の話し手だとわかり、会話がバスク語に移行した瞬間、お互いを包む情景が清々しく親密な雰囲気に一転する様を言語化するのは困難だ。けれども、こういう経験が繰り返されると、バスク語を通さずしてバスク文化を理解することなど不可能だと思われてくる。今日のバスク社会は、さまざまな困難を抱えながらも、多言語主義・多文化主義に対する積極的な価値を見出そうと努めており、それゆえバスクに関する情報は、バスク語以外の言語を通しても容易に得ることができる。私は、人間の思考が言語に規定されるという言語決定論に全面的に与《くみ》する者ではない。しかしそれでも、バスク語以外の言語を介して得られるバスク関連情報には、往々にして違和感を覚えることを吐露せずにはいられない。文学作品においても、オリジナル・テキストがバスク語であれば、そこから直に感じ取れる情感をやはり大切にしたいと考えるのである。

私がバスク関連の文章を書く際には、その都度、幾多のバスクの人びとの支援を受けてきた。今回の『バスク初文集』の日本語翻訳版に対しては、二〇年来の友人であるウル・アパラテギ Ur Apalategi 氏が、簡潔で明快な緒言を寄稿してくれた。一九七二年生まれのアパラテギ氏は、フランスのポー大学でバスク語文学を教える一方、みずからバスク語とフランス語を用いて執筆する作家・批評家でもあり、将来のバスク語文学界を担っていくにちがいない気鋭の若手の一人だ。この事実からだけでも、本書が訳者二名の共同作業の成果だと先に述べたことは、訂正しなければならない。たゆまぬ支援を差し伸べてくれたバスクの人びとと訳者との共同作業によるものだからである。

限られた紙幅を割いて、そういった人たちに対する謝辞を掲載することを、私はこれまで禁欲的に慎んできた。しかし今回は例外である。とりわけ以下の方々には、本書出版の実現に向けて公的・私的に援助してくださったことに対し、吉田氏とともに心より感謝の意を表わすと同時に、刊行を達成できた喜びを分かちあいたい。

まずは、バスク語のネイティヴで日本在住五〇年に近いトマス・エセイサバレナ Tomas Eceizabarrena 神父である。最初にお目にかかったのは三〇年ほど前のことだが、九〇歳を超えた現在でも心身ともに健やかで、訳者二人のキリスト教に関する基礎的な質問に、ユーモアを交えて丁寧に答えてくださった。もっとも、本書の訳文の責任が、すべて訳者にあることは論を俟たない。次に、図書館・公文書館関係では、『バスク初文集』の原典閲覧に対して手厚い便宜を賜ったフランス国立図書館のジャン゠マルク・シャトラン Jean-Marc Chatelain 氏と、参考資料の提供にご尽力いただいたバスク語アカデミーのシャビエル・キンタナ Xabier Kintana、プルデン・ガルシア Pruden Garzia およびアンチョン・ウガルテ Antton Ugarte の三氏に、心より感謝申し上げたい。また、ボルドーのジロンド県公文書館のアニェス・ヴァティカン Agnès Vatican氏と、バイオナ（バイヨンヌ）市図書館のマリア・アンヌ・ウレ Maria Anne Ouret氏ならびにマイデル・ベダシャガル Maider Bedaxagar 氏、そしてスペイン・バスク自治州ラスカオ町にあるベネディクト会派財団のファン・ホセ・アギレ Juan Jose Agirre神父にも、温かく適切な助言を頂戴したことにお礼を申し上げる。

このほか、大学関係者では、バスク語文学を専門とするオーレリ・アルコチャ Aurélie Arcochaならびにベニャト・オヤルサバル Beñat Oyharçabalの二氏とは、過去の定説に対する批判的議論を交わし、ウル・アパラテギ Ur Apalategi氏には緒言を提供してもらった。そして、バスク語学者のヤソネ・サラベリア Jasone Salaberria氏とそのパートナーである ジャン・ミシェル・ララスク Jean Michel Larrasquet 氏には家族同然の待遇を受け、エチェパレの生家を目指す小さな旅をともにした。さらにまた、バスク自治州政府のパチ・バスタリカ Patxi Baztarrika、ミケル・ブルサコ Mikel Burzako、ロレア・ビルバオ Lorea Bilbao の仲良し三人組からは、バスク地方を訪問するたびに、仕事を離れ、良き友として激励を受けたものである。パリとボルドーのお二人を除けば、コミュニケーションの言語はいつもバスク語である。いずれもバスク語を愛してやまない、エチェパレの申し子と言える人たちである。

本書の出版に際しては、バスク自治州のエチェパレ・インスティテュートの助成を受けた。同インスティテュートのアイスペア・ゴエナガ Aizpea Goenaga、マリ・ホセ・オラシレギ Mari Jose Olaziregi、キスキツァ・ガラルサ Kizkitza Galarza の三氏に、改めて謝意を表したい。そして最後に、忘れてならないのが、平凡社編集部の坂田修治氏である。バスクに対する想いについては訳者に勝るとも劣らない坂田氏は、出版事情の厳しい折、本書の翻訳刊行のために奔走し、編集作業のすべてにわたり、きめ細かく配慮してくださった。心より特段のお礼を申し上げたい。
エチェパレの言葉が、読者のみなさまにとって、バスク語とバスク文化に対する関心を持たれるきっかけとなれば、訳者としてはこの上ない喜びである。

二〇一四年一〇月

訳者を代表して　萩尾 生

［著者］

ベルナト・エチェパレ

生没年不詳（15～16世紀）。現フランス領バスク地方のガラシ（フランス語でシーズ）地域の生まれ。同地域のエイヘラレ（フランス語でサン・ミシェル）村で主任司祭を務めた。バスク語で印刷された最初の書物である『バスク初文集』（1545年）の著者として知られる。

［訳者］

萩尾 生（はぎお・しょう）

1962年福岡県生まれ。名古屋工業大学教授。早稲田大学政治経済学部卒業、東京外国語大学大学院地域研究研究科修士課程修了。専門は地域研究（バスク語圏）。主な著書・論文・訳書・編著書に“External Projection of the Basque Language and Culture”, *BOGA*, 1, 1, 2013、『現代バスクを知るための50章』（共編著、明石書店、2012年）、『世界歴史大系 スペイン史２』（共著、山川出版社、2008年）、J・アリエール『バスク人』（白水社、1992年）など。

吉田浩美（よしだ・ひろみ）

1960年秋田県生まれ。神戸市外国語大学客員研究員、早稲田大学非常勤講師。早稲田大学第一文学部卒業、東京大学大学院人文科学研究科言語学専攻修士課程修了、同大学院人文社会系研究科言語学専門分野博士課程修了。博士（文学）。専門は言語学、現代バスク語諸方言の文法記述。主な著書・編著書に『現代バスクを知るための50章』（共編著、明石書店、2012年）、『バスク語のしくみ』（白水社、2009年）、『バスクの伝説』（訳註、大学書林、1994年）など。

バスク初文集 バスク語最古の書物

2014年11月21日　初版第１刷発行

著　者　ベルナト・エチェパレ
訳　者　萩尾 生、吉田浩美
発行者　西田裕一
発行所　株式会社 平凡社
〒101-0051 東京都千代田区神田神保町3-29
電話 03-3230-6584［編集］
03-3230-6572［営業］
振替 00180-0-29639
装幀　中垣信夫、林 映里
印刷　藤原印刷株式会社
製本　大口製本印刷株式会社

ISBN978-4-582-83678-3 C0097
NDC分類番号993.5　A5判（21.6cm）　総ページ244
平凡社ホームページ http://www.heibonsha.co.jp/

乱丁・落丁本のお取り替えは小社読者サービス係まで直接お送りください（送料は小社で負担いたします）。